Hans Marsam

Steirische Weihnachtsgeschichten

V. F. SAMMLER

Umschlaggestaltung: DSR – Werbeagentur Rypka/Thomas Hofer,
A-8143 Dobl/Graz
Titelbild: links: Hildegard Perschthaler, Bärnbach
rechts: Wilhelma Gröbacher, Knittelfeld
Umschlagbilder hinten: Hans Marsam, Feldkirchen bei Graz

Bibliographische Information der Deutschen Nationalbibliothek
Die Deutsche Nationalbibliothek verzeichnet diese Publikation in der Deutschen Nationalbibliographie; detaillierte bibliographische Daten sind im Internet über http://dnb.d-nb.de abrufbar.

Hinweis:
Dieses Buch wurde auf chlorfrei gebleichtem Papier gedruckt. Die zum Schutz vor Verschmutzung verwendete Einschweißfolie ist aus Polyethylen chlor- und schwefelfrei hergestellt. Diese umweltfreundliche Folie verhält sich grundwasserneutral, ist voll recyclingfähig und verbrennt in Müllverbrennungsanlagen völlig ungiftig.

Auf Wunsch senden wir Ihnen gerne kostenlos unser Verlagsverzeichnis zu:
Verlag F. SAMMLER
Hofgasse 5 / Postfach 438
A-8011 Graz
Tel.: +43 (0)316/82 16 36
Fax: +43 (0)316/83 56 12
E-Mail: stocker-verlag@stocker-verlag.com
www.stocker-verlag.com

ISBN 978-3-85365-251-0

Layout: Klaudia Aschbacher, A-8111 Judendorf Straßengel
Gesamtherstellung: Druckerei Theiss GmbH, A-9431 St. Stefan
Printed in Austria

Inhalt

Vorwort

von Hans Marsam

Die Weihnachtszeit ist für viele Menschen keine besinnliche Zeit, sondern für sie würde der Ausdruck „eine besinnlose Zeit“ da viel besser passen. Arbeit, Einkaufsstress, die Frage „Was soll ich schenken?“, auch wenn der Bedarf bei den meisten mehr als gedeckt ist.

Aber es kommen auch Erinnerungen und Gefühle aus früheren Zeiten hoch, wie das Weihnachtsfest damals war. Bei einem Besuch bei Frau Buder aus Wilhelmsburg (NÖ) erfuhr ich von ihr, wie sie in ihrer Schule in St. Pölten als 10-Jährige zum ärmsten Kind gewählt wurde.

Beeindruckt von ihrer Geschichte, dachte ich mir, dass es viele Menschen geben müsste, die interessante Weihnachtserlebnisse erzählen könnten. Dadurch entstand 2004 das Buch „Wilhelmsburger Weihnachtsgeschichten“.

Jetzt suchte ich in der Steiermark nach Weihnachtsgeschichten. Ich habe viele Menschen gefragt und oft habe ich von den älteren zu hören bekommen: „Wir waren arm“ oder „wir haben nichts gehabt“. Mit der Zeit haben mir einige ihre Erinnerungen niedergeschrieben oder auf Band gesprochen. Dadurch konnte dieses Buch mit verschiedensten Weihnachtserinnerungen entstehen.

DANKE

Ich möchte mich bei allen recht herzlich bedanken, die mitgeholfen haben, dass dieses Buch „Weihnachtsgeschichten aus der Steiermark“ entstehen konnte.

DANKE

allen, die mit ihrer Weihnachtsgeschichte zu diesem Buch beigetragen haben.

DANKE

der Kleinen Zeitung und Frau Lydia Lasutschenko für die Freigabe zur Veröffentlichung der Weihnachtsgeschichte „Tiertransport für den Heiligen Abend“.

DANKE

dem Literaris Verlag und DI Anton Wilflinger für die Freigabe zur Veröffentlichung des Gedichtes „Kindaweihnacht unterm Kriag“.

DANKE

Markus Sommer (Schwiegersohn, Freund und Wegbegleiter) für das Transkribieren der Tonbänder und für die Unterstützung beim Geschichtensammeln.

Ich hoffe, dass dieses Buch viele Leser zum Nachdenken anregt oder Erinnerungen an ihre selbsterlebten Weihnachten wachrufen wird.

Vinzenz Prettenthaler erzählt mir in Stiwoll seine Weihnachtsgeschichte.

Franz Schriebl

Weihnachten als Dienstbote und zu Hause am Hof

Meine Großmutter hat drei Jahre die Schule gemacht, dann ist sie schon zum Kühehalten bei Bauern weggekommen. Zuerst machte sie die leichtere Arbeit und wurde so richtig für den Dienstbotendienst eingearbeitet. Dort war es sehr streng, das war in den 1890er-Jahren, vor mehr als hundert Jahren schon. Da war der Moar[1], der Bauer hat keine Arbeit angeschafft, der Bauer hat das mit dem Moar besprochen und der Moar hat dann alles eingeteilt. Am Heiligen Abend ist der Moar mit dem ganzen Gesinde, vier, fünf Knecht und Dirn, in die Kirche gegangen und einer hat zu Hause bleiben müssen. Am Christtag war immer das große Mahl. Zuerst gab es eine gute Suppe, dann Kraut mit Speck und anschließend hat es einen Strudel gegeben. Nachher hat es wieder Fleisch gegeben. Sogar zweimal, einmal gekocht und einmal als Braten. Zuletzt dann Krapfen und Schnapsworken[2]. Da ist es sogar vorgekommen, dass einer so viel gegessen hat, dass ihm schlecht geworden ist, hat sie erzählt.

Wenn jüngere Knecht und Dirn am Hof waren, ist am Abend auch öfters gesungen worden.

Überhaupt, wenn eine Feier war, da sind sie zusammengekommen, die Nachbarsleute, und haben sich gut unterhalten.

Beim Bauernhof zu Hause

Drei Knecht und ein paar Dirn, die Großmutter, die Eltern und fünf, sechs Kinder waren auch schon da. Die Einleger[3]

---

1 Moar: Chef der Bediensteten

2 Schnapsworken: Krapfen in Schnaps tauchen und gleich essen.

3 Einleger: Alte Menschen, die nicht mehr im Dienst arbeiten konnten, haben eine bestimmte Zeit am Bauernhof kleinere Arbeiten, wie z. B. Obst klauben, verrichtet.

sind noch vom Bauern zum Bauern gegangen, das ist von der Gemeinde eingeteilt worden, da ist auch fast immer einer am Hof gewesen. Die haben auch oft erzählt, wo es ihnen gut gegangen ist, wo sie gutes Essen bekommen haben oder wo sie ein schlechtes bekommen haben.

Am Heiligen Abend ist bis 10 Uhr gearbeitet worden, da ist alles sauber gemacht worden. Nachher haben sie sich rasiert und gewaschen. Ich erinnere mich, dass die Dirn dem Knecht im Vorhaus den Buckel waschen haben müssen. Die haben sich dafür auf die Stuhllehne gelehnt, denn ein Bad hat es damals noch nicht gegeben. An das kann ich mich noch gut erinnern. Da hat sich einmal jeder so richtig sauber gemacht.

Nachmittag hat es einen Tee und ein weißes Brot gegeben. Wenn sie von der Mette von Graden nach Hause gekommen sind, dann sind alle beisammen gesessen und dann hat es Essen und Trinken gegeben. Einen Most haben sie getrunken.

An den besseren Tagen ist vor dem Essen schon ein Rosenkranz gebetet geworden. Allerdings kann ich mich nicht erinnern, ob an den gewöhnlichen Tagen gebetet wurde.

Die Großmutter hat ein eigenes Tischerl gehabt im Winkel, und wenn ein alter Knecht oder eine alte Dirn da war, dann haben sie auch ihr eigenes Tischerl gehabt zum Essen. Der Tisch war eh so voll mit Leuten. Von uns Kindern haben die kleineren beim Tisch nimmer Platz gehabt. Früher waren überall mehr Kinder, wir waren auch acht Kinder.

Die Weihnachtsfeiertage sind alle eingehalten worden. Am Christtag ist der Bauer mit einem Kind mit dem Weihwasser in den Stall gegangen. Am Stefanitag hat man mit den Rössern ausfahren müssen, weil die nicht zu lange stehen durften. Der unschuldige Kindertag. Dann waren noch ein oder zwei Tage, das waren die Zoler Tage[4], da ist auch nichts gearbeitet worden, außer dass die Tiere gefüttert worden sind.

4 Zoler Tage: Zu Lichtmess wurden die Knechte und Mägde ausbezahlt. An diesem Tage konnten die Dienstboten dann auch die Arbeitsstelle wechseln.

Grete Pürstner

Graz, Anfang des 20. Jahrhunderts

Meine Eltern waren Jahrgang 1867 bzw. 1881. Damals war die Industrialisierung noch nicht so weit fortgeschritten und so war das Arbeiten für meine Eltern deren Lebensmittelpunkt.

Mein Vater war Zuckerbäcker und hatte eine Konditorei, in der auch meine Mutter arbeitete. Zu den Weihnachtsfeiertagen war die Konditorei meiner Eltern durchgehend bis zum Nachmittag des Christtages geöffnet. Als Kind bekam ich mein „Christkindl" somit erst am Abend des Christtages. Zuvor ging ich mit meinem Vater am Nachmittag, nachdem er sein Geschäft geschlossen hatte, auf den Friedhof und zündete dort für seine verstorbene erste Ehefrau eine Kerze an. In der Zwischenzeit schmückte meine Mutter gemeinsam mit meiner großen Schwester unseren Christbaum, und als ich zu Hause ankam, durfte ich, nachdem zuvor die Glocke geläutet wurde, den Raum, wo bereits der geschmückte Weihnachtsbaum mit den darunterliegenden Geschenken stand, betreten. Geschenke gab es eigentlich immer viele, Puppen, Spielsachen und andere schöne Sachen – diesbezüglich gab es bei uns keine Not. Tags zuvor, am Heiligen Abend, durfte ich zu unseren zwei Nachbarskindern gehen und konnte deren Bescherung mit ansehen.

Später, als ich dann schon etwas älter war, durfte ich dann natürlich auch schon selbst unseren Christbaum schmücken und wir feierten dann unser Fest auch schon am Heiligen Abend, da mein Vater seine Konditorei bereits früher als in den Jahren zuvor zusperrte.

Weihnachtlich geschmückte Auslage in Graz

Vinzenz Prettenthaler, vulgo Vormeggstrunz

Wenn du immer verzichten musst

Ich habe ja schon ziemlich viel erlebt, weil ich das dementsprechende Alter habe, ich bin ja schon 1927 geboren. Wie sich das alles verändert hat, das ist ja unglaublich, weil in unserer Jugendzeit, die 1930er-Jahre, die waren ja eine schlechte Zeit. Schlecht, wir waren nichts anderes gewohnt. Die Leute waren damals trotzdem viel zufriedener, als sie es heute sind. Es hat einfach nichts gegeben, es hat immer geheißen: „Kemma net! Wia hom ka Göd! Geht net!"

Mein Vater war ein Tischler, der hat das Gewerbe gehabt. Er hat hauptsächlich Särge gemacht. Die Leute hätten dann auch zahlen sollen, weil ja wieder Material gekauft werden musste, aber die haben nicht zahlen können. Meine Mutter hat dann immer Geld einfordern gehen müssen zu den Häusern. Die ist dann meistens leer zurückgekommen. Die haben einfach kein Geld gehabt. Die Zeit war finanziell ganz, ganz schlecht. Dadurch, dass wir elf Kinder waren, war es so, dass wir nirgends mitmachen konnten, weil wir nicht einmal gescheite Schuhe gehabt haben. Das Schulgehen war ja Pflicht, da haben sie doch schauen müssen, dass wir nicht bloßfüßig in die Schule gehen. Etwas Neues zu kaufen, ist einfach nicht gegangen.

Es hat Obst gegeben, aber da hat man geschaut, dass man das meiste verkaufen kann, und das für uns ist dann genau eingeteilt worden. Da hast du deinen Apfel meistens zum Schulegehen bekommen und mit dem Brot war es meistens auf der mageren Seite, das hat dann nicht gereicht.

Das Schlafen. Wir haben überall geschlafen, im Stall, am Heuboden und am Dachboden, wo halt eine Möglichkeit war. Ich verurteile niemanden, dass wir so eine armselige Jugendzeit gehabt haben, das war einfach so, die Zeit war so.

Gerade zu Weihnachten und zum Nikolo, da war einfach nichts da. Das war einfach so und wir haben uns damit abgefunden. Wenn du immer verzichten musst, dann ist das so normal. Geht nicht. Da stellt man auch keine Forderungen an die Eltern.

Weihnachten war es so, dass wir einen Teller oder ein anderes Geschirr hingestellt haben, in der Hoffnung, dass das Christkind etwas bringt. Wenn die Frauen von der Arbeit wegkonnten, haben sie etwas gestrickt, so dass man dann ein Paar Socken bekommen hat. Die Freude war riesengroß, mehr als heute, wenn die Kinder so beschenkt werden.

Als Christbaum, da hat man im Tischwinkel, in der Stuben, wo der große Tisch gestanden ist, ein kleines Bäumchen aufgehängt. Wir haben dann in ein Seidenpapier Franserln reingeschnitten und einen Würfelzucker, den hat man damals schon bekommen, darin eingewickelt und auf den Baum gehängt. Ein paar Kekse sind gebacken worden und ein paar Äpfel sind auch auf den Baum gehängt worden. Das war eigentlich alles.

Der große Tisch, ein Bauerntisch, war mit den Dienstboten besetzt. Früher hat es ja ein paar Knechte gegeben, dann die Saudirn und die Kuhdirn, es war ja viel Arbeit am Hof, weil man alles händisch hat machen müssen. Die sind um den Tisch versammelt gewesen und haben dort ihr Essen bekommen. Wir Kinder sind irgendwo im Winkerl gesessen, haben ein kleines Schüsserl gehabt und dann haben sie uns immer von der Hauptschüssel vom großen Tisch etwas zu essen gegeben.

Gefeiert wurde in dem Sinne nicht, wir haben uns einfach nur so zusammengesetzt. Die Bediensteten sind dann meistens zu ihrer Verwandtschaft gefahren.

Das Kirchliche war nicht so, dass wir sonntags die Kirche besuchen sollten. Weil wenn du so halb angezogen daherkommst, so haben die Eltern gar nicht gedrängt, dass du in die Kirche gehst. So sind wir sehr wenig in die Kirche gegangen, zur Mette sind wir ganz selten gegangen. In der Winterzeit, wenn du dich nicht ordentlich anziehen kannst, ist der Kirchbesuch schon ziemlich hart, vor allem die Schuhe, mit den Schuhen hat es immer schlecht ausgeschaut. Es gab einfach kein Geld.

Margaretha M.

Es weihnachtet sehr!

Aus meinen Kindheitstagen, in den Jahren 1920 bis 1924

In der Adventzeit hieß es immer wieder: „Das Christkind kommt!"

Am Vorabend des Heiligen NIKOLAUS, am 5. Dezember, war schon große Aufregung, weil man ja den Brief „An das Christkind" mit heimlichen und offenen Wünschen für den Heiligen Abend vorbereitend auf das Fenster legen musste, damit ihn der Heilige Nikolaus holen konnte.

Die Tage bis Weihnachten waren darauf ausgerichtet, besonders für den Heiligen Abend vorbereitet zu sein. Weihnachtslieder wurden gelernt, der Mutter beim Keksebacken gerne zugeschaut und sehnsüchtig auf eine Kostprobe gehofft und diese auch dankbarst bekommen. Die Hauptsache waren

Gutshaus in der Obersteiermark, 1907

Drei Generationen feiern den Heiligen Abend

die Christbaumringe als Baumbehang, die mit weißer Glasur überzogen waren.

Der Heilige Abend war mittags ein Fasttag. Am Nachmittag durften wir Kinder, mein größerer Bruder und ich, mit unserem Papa einen Spaziergang machen, damit daheim alles für das Kommen des Christkinds vorbereitet werden konnte.

Zum Abendessen gab es Fisch – nachher volle Spannung.

Ein Glöcklein ertönte, es öffnete sich die Zimmertüre zum erstrahlten Christbaum, eine zimmerhohe Tanne, weiße Kerzen, Zuckerln, in weißes Seidenpapier gewickelt, die selbst gebackenen Christbaumringe – alles auf langen weißen Fäden – schmückten ihn. Darunter die ärmliche Krippe mit dem erwarteten Christkind.

Weihnachtslieder wurden gesungen, es wurde gebetet, im Rahmen der Familie eventuell auch ein Weihnachtsmärchen vorgelesen.

Erst dann durften wir unter den Christbaum schauen, ob und wie unsere Hoffnung erfüllt worden war.

Die beschrifteten Päckchen wurden einzeln ausgeteilt und in großer Erwartung und mit viel Freude geöffnet.

Christ- und Stefanitag waren besondere Feiertage, die mit einem Festessen bereichert waren.

„*Christbaumringerln*“ aus Mutters Kochbuch
Man macht am Brett von 14 dkg Butter, 6 dkg Zucker, 21 dkg Mehl und 1 Dotter einen Teig, den man messerrückendicht auswalkt und Ringerln davon aussticht. Nun rührt man 7 dkg Zucker mit 1 Eiklar ½ Stunde, bestreicht oder bespritzt mit dieser Masse die Ringerln, gibt sie auf ein beschmiertes Blech und bäckt sie hellgelb (Langsame Hitze!).

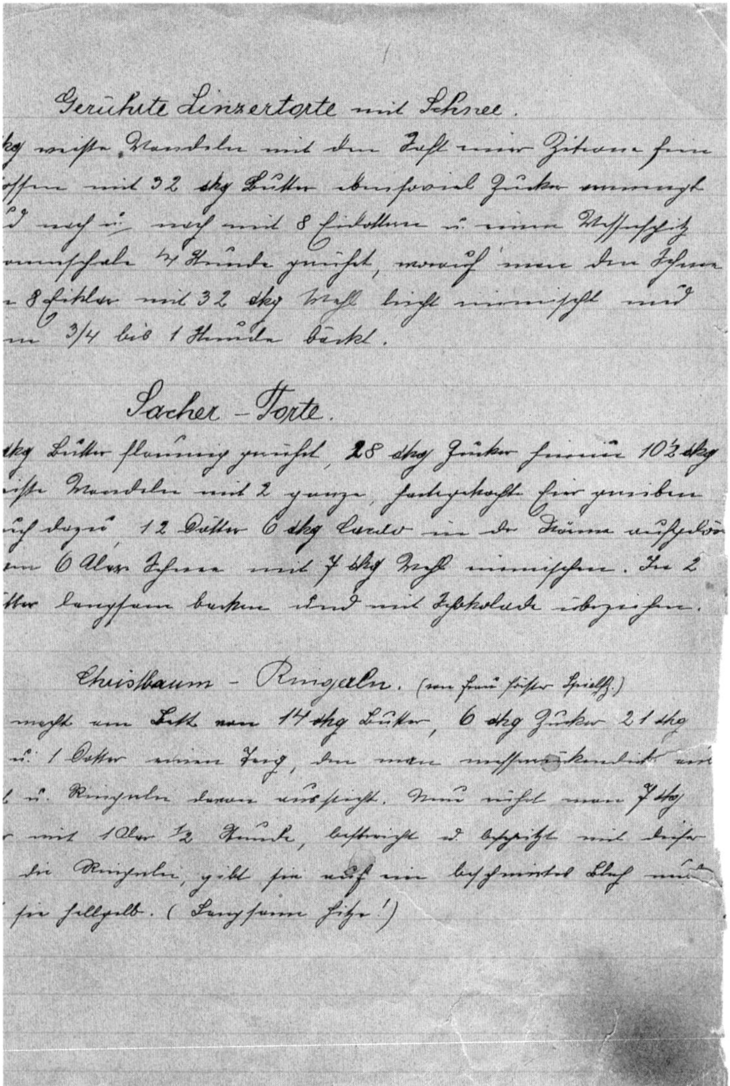

Gerührte Linzertorte mit Schnee.
[illegible] kg weiße Mandeln mit der Schale einer Zitrone fein
[illegible] stoßen mit 32 dkg Butter ebensoviel Zucker vermengt
[illegible] und noch ½ Std. mit 8 Eidottern u. einem [illegible]
[illegible] ¼ Stunde gerührt, worauf man den Schnee
[illegible] 8 Eiklar mit 32 dkg Mehl leicht vermischt und
[illegible] ¾ bis 1 Stunde bäckt.

Sacher-Torte.
[illegible] dkg Butter flaumig gerührt, 28 dkg Zucker hinein 10½ dkg
[illegible] Mandeln mit 2 ganzen, [illegible] fein gerieben
[illegible] auch dazu 12 Dotter 6 dkg Cacao in der Wärme aufgelöst
[illegible] 6 Klar Schnee mit 7 dkg Mehl vermischen. Die 2
[illegible] ätter langsam backen und mit Schokolade überziehen.

Christbaum-Ringerln. (von Frau [illegible])
[illegible] macht man Teig von 14 dkg Butter, 6 dkg Zucker 21 dkg
[illegible] u. 1 Dotter einen Teig, den man messerrückendick aus-
[illegible] u. Ringerln davon aussticht. Nun rührt man 7 dkg
[illegible] mit 1 Klar ½ Stunde, bestreicht u. bespritzt mit diesem
[illegible] die Ringerln, gibt sie auch in beschmiertes Blech und
[illegible] sie hellgelb. (Langsame Hitze!)

Christbaum-Ringerln aus Mutters Kochbuch

Irmgard Köhler

Anderen eine große Freude bereiten

Weihnachten in Villach. Wir hatten einen Jugendkreis aus dem Untergymnasium und waren alle mit Vorbereitungen für weihnachtliche Geschenke beschäftigt. Im Kreise unserer Jugendgruppe wurde viel gesungen, aber auch das Rodeln war in der Vorweihnachtszeit ein sehr beliebter Zeitvertreib.

So zogen wir einmal alle gemeinsam hinaus zu einer Bauernfamilie. Wir brachten dort unsere Weihnachtslieder vor und übergaben dann unsere einfachen, selbst gemachten Geschenke. Danach machten wir uns wieder voller Freude auf den Heimweg und hatten viel Spaß dabei, weil wir eine schöne große Wiese hinunterrodeln konnten. Es war eine schöne Sache – wir konnten anderen eine große Freude bereiten und hatten selbst auch jede Menge Spaß dabei.

Irmgard Köhler

Das bescheidene Weihnachtsgeschenk

Die Vorweihnachtszeit ist doch für Kinder die schönste Zeit im Jahr, wenn man von einem Geschäft zum anderen geht – vor allem für die Buben, wenn sie die kleinen Eisenbahnen im Schaufenster sehen.

Für meinen Buben war aber die Eisenbahn gar nicht so das Wichtigste – es war etwas ganz anderes, aber was, das verrate ich später.

Nun hatte ich einen Kollegen, der selbst immer eine Freude an Modelleisenbahnen hatte. Er versprach mir, er würde meinem Buben die Eisenbahn, sofern ich eine kaufen würde, aufbauen, so dass er sich immer daran erfreuen könne. So kaufte ich eine kleine, eingleisige Eisenbahn und mein Kollege beriet mich dabei, was ich alles besorgen musste.

Die Bahn wurde dann sogleich aufgebaut und ausprobiert, um danach anständig die Zimmertüre zu verschließen, so dass mein Bub die Eisenbahn vor dem Heiligen Abend nicht sehen konnte.

Es wurde Abend – und die Bahn ist gefahren, hin und her, immer wieder – und auf einmal fiel mir ein, dass mein Bub ja einen ganz anderen Wunsch hatte. Ich hatte ihn ja auch erfüllt, er stand draußen in der Kammer hinter der Tür – nichts anderes als eine Schneeschaufel!

Ich holte sie aus der Kammer, legte sie mitten ins Zimmer neben die Bahn und spielte sodann gleich wieder mit meinem Bub weiter – mit der Bahn.

Auf einmal sah er die Schaufel, sprang auf und freute sich dermaßen über diese einfache Schneeschaufel – und plötzlich war die Eisenbahn nicht mehr wichtig! Er wollte sofort schaufeln gehen, mitten in der finsteren Nacht am Heiligen Abend. Natürlich ließ ich ihn erst am nächsten Morgen rausgehen, um Schnee zu schaufeln, aber es war das schönste Weihnachtsgeschenk, das er je bekommen hatte – eine einfache Schneeschaufel vom Christkind, das wohl still und leise die Schaufel ins Zimmer gelegt hatte, während er mit der Eisenbahn gespielt hatte, anders konnte er es sich nicht erklären, wie die Schneeschaufel plötzlich im Zimmer liegen konnte.

Gilda Poschenreiter

Das war vor vielen, vielen Jahren – 1930er-Jahre in Graz

Wir waren eine glückliche Familie – Vater, Mutter und wir drei Töchter. Wir haben in sehr bescheidenen Verhältnissen gelebt, weil unser Vater als kleiner Beamter natürlich für fünf Köpfe aufkommen musste, und da gab es halt keinen Luxus.

Aber wir haben trotzdem alles gehabt, was notwendig war.

Ein herausragendes Erlebnis war immer Weihnachten, jedes Jahr. Die Aufregung bei uns Kindern war natürlich enorm und am 23. Dezember war schon immer das so genannte Weihnachtszimmer abgesperrt. Unsere Mutter war sehr schlau. Sie hat immer zusätzlich Tücher innen an der Tür befestigt, so dass wir nicht durchs Schlüsselloch sehen konnten, was natürlich ein jedes Kind gern getan hätte – neugierig, wie wir waren.

Ein absolutes Muss am Heiligen Abend war ein Besuch am Friedhof, immer, seit eh und je. Unsere Mutter ist mit uns drei Kindern zu Fuß mindestens eine halbe Stunde von der Kopernikusgasse in Graz – eine Straßenbahn war Luxus und war auch nicht nötig – bis zum Friedhof marschiert.

In der Dunkelheit sind wir also losgezogen mit einem Bäumchen in der Hand, um bei den Großeltern am Grab ein Kerzerl anzuzünden. Es war einfach wunderschön zu sehen, wie der Friedhof am Abend beleuchtet war. Wir sprachen ein Gebet, löschten dann zur Sicherheit die Kerze wieder aus und marschierten wieder eine halbe Stunde heimwärts.

Aufgeregt waren wir Kinder halt – das Christkind wird ja wohl nicht schon da gewesen sein?

Und dann kam die große Enttäuschung – unsere Mutter ist nicht direkt mit uns nach Hause gegangen, sondern wir machten noch einen kleinen Abstecher. Am Ende unserer langen Gasse wohnte ein alter Turner, dessen Frau schon Jahre zuvor verstorben war. Er war kränklich und lebte einsam. Dort führte unser Weg also hin und wir Kinder waren natürlich völlig aufgelöst. Unsere Mutter hatte ein kleines Gesteck bei sich, mit schönen Kerzen dran, und wir brachten es mit einem Teller selbstgemachter Weihnachtsbäckerei zu ihm.

Ich muss ehrlich sagen, dass ich es nie vergessen werde, das Leuchten und Funkeln in den Augen dieses alten Mannes – er hat sich so wahnsinnig darüber gefreut, dass am Heiligen Abend noch jemand an ihn dachte. Es war sein letzter Heiliger Abend, er ist dann auch bald gestorben.

Und das war für uns Kinder ein prägendes Erlebnis, weil wir gesehen haben, dass man mit ganz wenig Aufwand einem Menschen große Freude bereiten konnte.

Dieser Abend verlief wunderschön und friedlich, wir kamen zu Hause an, wuschen unsere Hände und schon läutete das Glöckchen, wobei ich trotzdem immer wieder diese funkelnden Augen des alten Mannes vor mir sah – und für mich auch unvergesslich bleiben werden. Es war einfach ein wunderschöner Abend.

Familie Stühlinger in Deutschfeistritz in den 1920er-Jahren (Walter, Herta, Ingried, Gilda, Grete)

Gilda Poschenreiter

Der Baum in der Mitte des Erkerzimmers

Viele Jahre später musste unser Vater aus beruflichen Gründen die Wohnung wechseln und wir sind in die Kaiserfeldgasse umgezogen. Die Wohnung dort war viel größer und es hat auch ein wunderschönes Erkerzimmer gegeben mit drei Fenstern, einfach wunderschön! Und dieses Zimmer hat sich natürlich für unseren Christbaum angeboten.

Am Abend vorher saßen wir immer alle im Speisezimmer zusammen und haben alle Sachen, die auf den Christbaum kamen, „aufgebandelt“: die Ringerl, die Kekserl und die Schokosachen, was halt so auf den Christbaum raufkam. Und natürlich die Pralinen, eingewickelt in dem Papier mit den langen Fransen, in allen Farben und so wunderschön. Und wir haben als Kinder immer den Auftrag bekommen, höchstens zwei bis drei Stückerl vom Baum zu nehmen, weil ein halb „leergefressener“ Baum ist ja etwas Grauenhaftes! Der Baum stand in der Mitte des Erkerzimmers und wir Kinder konnten rund um den Baum laufen, es war ja genug Platz vorhanden. Irgendwann ist er dann halt doch einmal umgefallen und von diesem Tage an wurde der Baum mit einer Schnur an drei Seiten an den Fensterbeschlägen befestigt, weil ja ein umgestürzter Christbaum eine Katastrophe gewesen wäre.

Und am 6. Jänner wurde der Baum immer abgeräumt, sorgfältig und schön sortiert, und jeder bekam einen Anteil vom Rest der verbliebenen Süßigkeiten.

Da kam dann die riesengroße Überraschung – alle Zuckerlpapierl mit den langen Fransen waren leer! Und so entdeckten wir, dass unser Vater ein großer Liebhaber von den Pralinen war, die in dieses Papier eingewickelt waren. Er schlich sich anscheinend regelmäßig spätabends, wenn wir Kinder bereits im Bett lagen, zum Baum und nahm die Pralinen aus dem Papier, wobei er das Papier so geschickt und kunstvoll wieder zusammenrollte, dass niemand je etwas bemerkte. Erst beim Abräumen und Austeilen merkten wir es und unser Vater freute sich diebisch, dass er uns so ausgetrickst hatte – und auch Jahre später noch mussten wir alle über diese Geschichte lachen.

Johanna Karner

Weihnachten am Bauernhof in den 1930er-Jahren

Meine Heimat war ein Dorf am Fuße der Stubalpe, sehr waldreich und zu meiner Zeit vor etwa achtzig Jahren noch reichlich bevölkert: Da hatten die Bauern noch Mägde und Knechte und so war das kulturelle Leben noch viel lebendiger. Es gab einen Musikverein, einen Kirchenchor und eine Theatergemeinschaft.

Zu Weihnachten wurde vor allem vieles organisiert, so dass für wohltätige Zwecke eine finanzielle Unterstützung erbracht werden konnte, was auch etwas Abwechslung in den Arbeitsalltag brachte.

An persönlichen Zuwendungen gab es ja wenig, denn der typische Kleinbauer musste ja von seinen Erzeugnissen leben. Eine freudige, wenn auch ängstliche Abwechslung war der Tag des Heiligen Nikolaus. Die sauber geputzten Schuhe, man besaß ja nur ein Paar, die meistens schon einige Male von den Händen des Störschusters geflickt und gedoppelt worden waren, wurden mit Nüssen und Feigen, Orangen und Boxhörndln[5] gefüllt. In meinem ersten Schuljahr hatte ich eine wohltätige, wenn auch strenge Lehrerin, die uns allen an diesem Tag auch einen Griffel für die persönliche Schreibtafel und ein Boxhörndl schenkte. Kann man sich auch nur entfernt vorstellen, welche Freude wir damit hatten.

Meine Großmutter ging jeden Tag um 6 Uhr zur Rorate. Das war der Beginn der Vorbereitung auf das Weihnachtsfest. Auch ich begleitete sie einmal in der Woche. Sie hatte eine kleine Laterne mit, um den Weg ein wenig zu beleuch-

5 Früchte

ten. Es gab ja kein elektrisches Licht. In der Kirche zündete sie eine Wachskerze an, die sie selber aus Wachsresten gegossen hatte. Wenn wir heimkamen, war ein Schüsserl heiße Milch das ersehnte Frühstück. Kaffee gab es ja nur drei Mal im Jahr aus selbstgebranntem Gerstenmalz. Daheim erleuchtete eine kleine Petroleumlampe die finstere Küche. Großmutter griff nach dem Schutzzylinder und blies das Licht aus. „Dem Tag die Augen ausheizen“ oder „Geld verheizen“ waren darauf ihre Bemerkungen.

Wenn es auf Weihnachten zuging, kam das große Kletzenbrotbacken. Da durften wir alle mithelfen. Das Schneiden der Kletzen[6] besorgte die Großmutter, ebenso das Feigenschneiden, aber die Nüsse aufklopfen und sauber auslösen durften wir. Dann kam der besorgniserregende Tag des Brotbackens. Mutter betete schon in der Früh für gutes Gelingen. Wenn es dann zur Mittagzeit fertig war, roch das ganze Haus nach Kletzenbrot mit seinen Gewürzen – eben nach Weihnachten.

Auch das ganze Haus wurde sauber geputzt. Selbst die selbstgezimmerten Betten wurden mit Lauge geschrubbt, wobei ich mir immer wieder die Hände mit Speilen (Holzspänen) verletzte. Das Stroh in den Strohsäcken wurde auch gewechselt und so gab es auch zum Fest saubere Betten. Das alte Stroh wurde zum Einstreuen bei den Kühen weiter verwendet.

An den letzten Tagen vor Weihnachten wurde auch den Tieren Gutes getan. Sie bekamen frische Einstreu sowie eine Portion „Gleck“[7] – eine willkommene Spezialität für die Rinder.

Es brach der Heilige Abend an. Wir Kinder mussten das Holz für die Feiertage im Vorrat heranschaffen, damit es auch in zwei Räumen warmblieb. Der Mittelpunkt der Heiligen Weihnacht war die Krippe in der Wohnstube. Diese wurde vom Vater aufgebaut und mit Reisig, Flitter und Kerzen

6 Getrocknete Birnen

7 Getrockneter, frisch geschnittener Klee mit Gerstenmisch, Kleie und Salz

verziert. Am Tisch in der Stube wurde eine große Kerze entzündet (etwa 1 Meter hoch). Sie musste ja auch im Sommer als Wetterkerze dienen.

Um 18 Uhr am Heiligen Abend wurde eine Pfanne mit Glut und Weihrauch sowie Kranewitt[8] vorbereitet, Haus und Stall damit geräuchert und alles mit Weihwasser besprengt. Hernach traf sich die ganze Familie in der Weihnachtsstube zum Rosenkranzgebet. Drei Rosenkränze wurden gebetet. Für uns Kinder war das ziemlich anstrengend. Anschließend wurde das Kletzenbrot gegessen und warmer Tee dazu getrunken. Einen Christbaum oder Geschenke gab es nicht.

Die Mitternachtsmette in der Pfarrkirche war der Höhepunkt des Weihnachtsfestes.

Da Herbst is vorbei schoa a längere Zeit,
am Adventkrånz brennan schoa zwoa Kernzn heit.

Wir sulln uns besinnan und denken darån,
dass ma im Leb'n nit ålls hobn kånn.

Dos vazichtn hot sicha sein gånz groß'n Wert,
da Mensch wird zufriedena, sou, wia sa sie gheart.

Tua ma uns oanond hölfn, wenns nötig tuat sei,
mir kinn ma uns a wieda gfei!

A bsinnliches Weihnachtsfest wünsch i enk goar,
vül Fried'n im Herz'n so wia a guat's, neigs Joahr!

Am Stefanitag wurde noch Salz für Mensch und Tier geweiht sowie am Johannestag ein Fläschchen Wein. Damit wurde jedes Familienmitglied am Kopf befeuchtet und auch ein Schluck, das gilt auch heute noch, musste von jedem getrunken werden. Ein kleiner Teil wurde aufgehoben für das gan-

8 Wacholder

ze Jahr, denn sollte jemand im Sterben liegen, sollte sein Mund mit dem geweihten Johanneswein benetzt werden.

Ein schöner Brauch war auch immer der Tag der unschuldigen Kinder. Da durften wir Kinder schon sehr zeitig am Morgen, mit einer Tasche und einer Rute bewaffnet, zu den Nachbarn gehen und mit ein paar „Streicheleinheiten" und einem begleitenden Gedicht Gottes Segen vom Kind in der Krippe für das Neue Jahr wünschen. Ein großes Stück Kletzenbrot war der Lohn dafür. Es war auch sehr mühsam, durch den tiefen Schnee zu waten, war doch die Kleidung äußerst bescheiden und der Kittel steif gefroren. Die Kinder wurden immer freudig aufgenommen, denn von Ihnen erwartete man Heil und Segen für das Neue Jahr.

Siegfried Gröbacher

Weihnachten 1935 in Untervogau

Wir waren eine große Familie, mein Vater war ein Steirer aus Untervogau und ein Mitglied des Vereines der „Steiermärker". Wir lebten damals in Wien.

Jedes Jahr zu Weihnachten lud dieser Verein Familien aus ärmeren Verhältnissen, aber auch kinderreiche Familien zu einem Weihnachtsfest ein und beschenkte sie.

Jedes Kind bekam einen „Steireranzug" mit Hut, Schuhen und allem, was dazugehörte. Und so wurde auch ich in einem Geschäft neu eingekleidet.

Der Verein hatte auch ein wunderbares Orchester und so wurde auch ich einmal als „Trommelpferdl"[9] eingeteilt, so wie früher bei Orchestermärschen ein Pferd die große Trommel zog. So zog ich dieses Trommelwagerl, eingekleidet in meinen Steireranzug, und eigentlich hatte es mir damals als 10-jähriger Bub gar nicht gefallen. Es war gut, dass das Fest in einem anderen Bezirk stattfand, da mich dort niemand kannte.

Anschließend wurde dann Weihnachten gefeiert und jedes Kind musste ein Gedicht aufsagen. Wir standen alle nebeneinander auf der Bühne, jeder von uns mit einem großen Sack, voll gefüllt mit Süßem, in der Hand. Mein Gedicht handelte von einem Lumpenpack, Schelmenpack, und nachdem ich es bravourös aufgesagt hatte, lachten die Zuhörer aus voller Kehle, denn es erschien ihnen doch ungewöhnlich, dass ein kleiner Bub vom Lumpenpack sprach.

Nach dem Fest fuhren wir mit der Straßenbahn zurück nach Hause in den 18. Bezirk, wobei mir mein Vater den Sack tragen musste, weil er für mich viel zu schwer war. So hatten wir ein schönes Weihnachtsfest, ich wurde neu eingekleidet

9 Ein Wagengespann für festliche Märsche

und noch dazu mit einem großen Sack voller Süßigkeiten beschenkt. Zu Hause wurde dann der Baum geschmückt, üblicherweise musste es ein großer sein. Allerdings war er halt nicht reich geschmückt, da wir acht Kinder waren und meine Eltern nicht sehr viel Geld hatten.

Meine Mutter buk Kekse, Sternderlkekse, etwa 6–7 cm groß, die dann auf den Baum kamen und ihn somit auch etwas ausfüllten. Beim Keksebacken saß ich immer beim Ofen, entweder beim Tischherd oder beim Gasofen, je nachdem wie kalt es war, und beobachtete die Kekse darin, um zu verhindern, dass sie nicht verbrannten – ich wollte auf gar keinen Fall verbrannte Kekse, auch heute noch nicht. Nicht nur Kekse wurden für den Christbaum hergerichtet, wir hatten auch Stollwerkzuckerl. Die wurden in weißes Papier gerollt und zusammen mit den Keksen zur Seite gelegt – wir wussten, dass das Christkind nicht alles alleine machen konnte und so unsere Hilfe brauchte.

Einen Tag vor Weihnachten wurde jedenfalls dann der Baum gekauft, doch wir Kinder bekamen ihn vorher nie zu Gesicht.

Er wurde versteckt, meistens im Keller, darauf achtete unsere Mutter sehr.

Spätestens zu Mittag am 24. Dezember schickte uns dann unsere Mutter zum Greißler einkaufen, so dass wir den Baum vorm Heiligen Abend nicht zu sehen bekamen. Sie sagte immer, wir sollten uns ruhig Zeit lassen, und so gingen wir immer zum nahegelegenen Teich Schlittschuhlaufen. Wir hatten nur ein Paar Schlittschuhe, es waren richtige „Schraubendampfer“[10], und wenn man nicht aufpasste, rutschte man aus dem Schuh heraus und stand mit den Strümpfen auf dem Eis – wir hatten ja lange Strümpfe mit Halter an und darüber eine kurze Hose.

Zu Hause angekommen mussten wir dann noch warten. Unsere Mutter meinte, sie müsse, um das Christkind hereinzulassen, zuerst das Fenster öffnen gehen.

---

10 Eislaufschuhe, die auf normale Schuhe aufgeschraubt wurden

Mein Vater kam dann nach Hause und fragte uns wie immer: „Wieso sitzt ihr alle so dramhappert[11] da?“ Wir hörten dann im Zimmer unsere Mutter das Fenster öffnen, dann wurde leise geläutet und anschließend das Fenster wieder geschlossen. Sie holte uns dann ins Zimmer und erklärte, dass das Christkind nicht gesehen werden möchte. Der Baum leuchtete hell und war geschmückt mit unseren Keksen, Zuckerln, Äpfeln und Nüssen, die wir tags zuvor hergerichtet hatten – es war schön. Und wir Kinder bemühten uns, mit ein paar gesparten Groschen vom Sonntagsgeld[12] Kleinigkeiten, wie etwa einen Rasierpinsel für unseren Vater, zu kaufen. Wir wiederum bekamen halt Sachen, die notwendig waren und gebraucht wurden. Bücher etwa als Geschenk waren damals nicht üblich, solche Geschenke kamen eigentlich erst in der Kriegszeit. Ab 1939 wurde die Kinderbeihilfe eingeführt und meine älteren Geschwister wohnten dann auch nicht mehr bei uns zu Hause. So waren dann im kleinen Familienkreis auch solche Geschenke möglich, die nicht unbedingt zweckdienlich waren.

11 Verträumt
12 Taschengeld von den Eltern

Vernco mit seinen Weihnachtsgeschenken in Graz, 1971

Gilda Poschenreiter

Weihnachtsgeschichte aus dem Krieg

Ich war unter anderem, wie so viele Mädchen auch, zum Reichsarbeitsdienst einberufen worden und hatte mich sehr darüber gefreut, dass sie mich endlich genommen hatten. Ich war ja anfangs ein „Strich“ mit meinen 33 kg Körpergewicht, und später dann mit 55 kg war es endlich soweit.

So kam ich 1943 nach Schwanberg in die Weststeiermark. Am Ende des Dorfplatzes war ein Kloster, welches schon Jahre zuvor aufgelöst worden war. Und so übernahm der Arbeitsreichsdienst dieses Kloster, um es für seine Arbeitsmaiden einzurichten.

Dann kam der Heilige Abend und niemand bekam Urlaub, auch ich nicht, obwohl ich eine Fahrstunde von meiner Heimat Graz entfernt war. So wie alle jungen Leute waren auch wir aufgeregt und mit Einbruch der Dunkelheit bekamen wir den Auftrag, alles „Warme“ anzuziehen, es stünde noch ein Nachtspaziergang am Programm. „Um Gottes Willen“, dachte ich, wir waren böse und grantig, und noch einmal in die Kälte rauszugehen, gefiel uns gar nicht – es war ein schneereicher und kalter Winter und ein eiskalter Sturm blies aus allen Richtungen.

Es war ja Krieg und aufgrund der befohlenen Verdunkelung waren bei allen Häusern die Lichter aus, um von etwaigen feindlichen Fliegern nicht gesehen zu werden. So sind wir halt mit Taschenlampen in der Hand in die Kälte hinausgestolpert, entlang der Sulm auf einem schmalen Weg. So marschierten wir drauflos – es war unheimlich und bitterkalt!

Rechts von uns lag die halb zugefrorene Sulm und links der dunkle Wald. Ohne viel zu sehen, stolperten wir dahin, bis unsere Lagerleiterin ein deutliches „Stop“ ausrief. Sie nahm einige mitgebrachte Kerzen heraus und schnappte sich ein paar Zweige einer Tanne oder Fichte, so genau weiß ich das nicht mehr, die weit nach unten ragten. Dort brachte sie ihre Kerzen an und entzündete sie sodann. Im Schein der Taschenlampen las sie uns noch eine Weihnachtsgeschichte vor und anschließend sangen wir noch alle zusammen das Weihnachtslied „Stille Nacht, heilige Nacht“.

Ich muss sagen, es war ein so sehr berührender Moment, dass ich jedes Jahr immer wieder an diese Nacht denken muss – es war in Gottes freier Natur, mitten in der Nacht in einem dunklen Wald und unter sternenklarem Himmel, wo wir in dieser schlimmen Zeit eine kleine Vorweihnachtsfeier abhielten – es war zutiefst berührend und unvergesslich!

Reichsarbeitsdienst im Osten von Wien, 1944

Gilda Poschenreiter

Kriegsjahr 1944

Die Arbeitsdienstmaiden sind wie jedes andere Mädchen zum Kriegsdienst eingezogen worden, so auch ich.

So bin ich mit meinen Mädchen mit der Bahn nach Wien gefahren, genauer gesagt an den östlichen Rand von Wien. Unser Einsatz sah so aus, dass wir über eine Leiter in ein Erdloch steigen mussten, um ein dort stehendes Gerät zu bedienen – so sind wir ausgebildet und angeleitet worden.

Es war ein eiskalter Winter mit viel Schnee. Wir hatten einen einzigen Mann in unserer Gruppe, einen Unteroffizier, der uns tagsüber ausgebildet hatte und auf uns aufpassen musste.

So kam der Heilige Abend, wir hatten ein entzückendes kleines Bäumchen und feierten nach unseren Vorstellungen unsere Weihnachtsfeststage. Zuvor brachte der Briefträger Karten, Briefe und Packerl, die der Herr Unteroffizier austeilte. Vor meinem Teller lagen eine ganze Menge an Packerln von meiner Familie. Jeder hatte nach Möglichkeit etwas geschickt, ob selbstgemachte Socken oder eine Haube, Süßigkeiten, wie Zuckerl und Schokolade, oder Kekserl. So viele jedoch bekamen nichts und ich fing sofort an auszuteilen, sogar für den Herrn Unteroffizier ist etwas abgefallen, so dass jeder ein Packerl vor seinem Teller liegen hatte. Ich hätte es nicht mit ansehen können, ich mit so vielen Packerln und andere mit nichts – es wäre für mich unmöglich gewesen!

Unser Herr Unteroffizier hatte Weihnachten mit einer „Sauforgie“ verglichen, besser gesagt, wollte er es zumindest so, wobei wir es nicht akzeptierten, abgesehen davon hatten wir ja gar keinen Alkohol – wir begnügten uns mit heißem Tee.

Er jedoch zog sich etwas verbittert in seinen Unterschlupf zurück und nahm dabei seine letzten Vorräte an Alkohol mit sich. Er ließ sich bis zum nächsten Tag nicht mehr blicken.

Ich habe mich immer für die anderen Mädchen im Rahmen des Arbeitsdienstes verantwortlich gefühlt, ich war ja mit meinen 21 Jahren 3 Jahre älter als die anderen. Wir Mädchen hatten sehr besinnliche Weihnachten gefeiert, es war trotzdem schön, aber auch mit vielen Tränen verbunden. Wir kamen aus den unterschiedlichsten Regionen, von der Untersteier bis zur „Waterkant", es war alles vertreten, was man sich nur vorstellen konnte.

Wir mussten auch, so wie die jungen Männer, Wache schieben, mit Holzpantoffeln, etwas anderes hatten wir ja nicht. Immer zu zweit und mit einer Taschenlampe und alle zwei Stunden wurde abgelöst. Diese Zeit der Wache war bei uns sehr gefürchtet, bei Nacht und Nebel in die Kälte hinaus, hätten wir nur wenigstens einen Hund bei uns gehabt.

Familie Poschenreiter: Gilda, Walter, Hertha, Margarethe, Ingried

Unsere Baracke, in der wir untergebracht waren, war alles andere als winterfest und mit Stockbetten ausgerüstet, wobei ich als Größte immer oben schlief. Und so kam es des Öfteren vor, dass ich morgens mit Schnee im Gesicht aufwachte, da der Wind den Schnee durch alle Ritzen und Fugen in unsere Hütte hineintrieb. Unter diesen Umständen verbrachten wir Weihnachten.

Einige Mädchen bekamen die Nachricht, dass ihre Eltern oder nahe Verwandte im Bombenhagel umgekommen sind, andere bekamen die Nachricht, dass das elterliche Zuhause zerbombt oder abgebrannt war, und andere wiederum bekamen monatelang gar keine Nachricht. Es war furchtbar und selbstverständlich ein trauriges Weihnachten und trotzdem versuchten wir, unser Fest ruhig und besinnlich zu feiern.

So werde ich auch diese Weihnachten nie vergessen, weil ich zum damaligen Zeitpunkt noch Kontakt zu meiner Familie hatte. Unmittelbar danach unterbrach ein totaler Bombentreffer des Wiener Hauptpostamtes den weiteren Kontakt zu meinen Liebsten und so hörte ich drei Monate lang nichts mehr von ihnen.

Es wurde alles gut und trotzdem waren dies Momente in meinem Leben, die ein Weihnachtsfest für mich unvergesslich werden ließen!

Irmgard Köhler

Bomben auf Berlin

Krieg. Es ist Weihnachtszeit. Mein guter Doktor wurde mit seiner Frau und den zwei Kindern aus Berlin evakuiert, die Bombenangriffe waren dort sehr massiv.

Kaum war er fort, packte die andere Krankenschwester, die auch bei uns arbeitete, all ihre Sachen und sagte, sie wolle auch heim zu ihrer Familie. Nachts wurde unser Bezirk besonders aus der Luft bombardiert, ich konnte aber nicht fort und die weite Reise nach Hause nach Kärnten antreten.

An Heiligen Abend, es hatte acht Uhr geschlagen, klopften die Leute an unsere Praxistüre, ein Verletzter nach dem anderen, auch Kinder waren dabei. Sofern es ambulant möglich war, wurde ihnen natürlich geholfen. Aber einige musste ich ins Krankenhaus überweisen, ich durfte ja als ungeprüfte Krankenschwester nicht alles machen.

Aber ich hatte sehr viel zu tun und trotzdem fand ich zwischendurch Zeit, um mir zu überlegen, was ich für den Heiligen Abend noch zum Essen besorgen könnte. Ich hatte wohl nicht lange überlegt – und schlief ein. Und als ich wieder um etwa zehn Uhr aufwachte, war es natürlich schon viel zu spät, um für diesen Abend noch etwas besorgen zu können. Das war dann mein Heiliger Abend!

Sepp Konrath

Kindaweihnacht unterm Kriag

Olle Menschen wortn auf die ruhige Zeit,
as Weihnachtsfest is niama mehr sou weit.
Mir Ölteren streichen uns übers graue Hoar,
denken long noch wia's friahra amol woa.

Sou besinnlich und zfriedn woar ma olli zom,
wia ma ols große Famülie Weihnacht gfeiert hom.
Mir Kinda hom gwortat olle vulla Freid,
bis in da finsteren Nocht as Gleckerl hot gleit.

As Christkind woar do und hot uns wos brocht,
vom Himml is kemman in da koltn Nocht.
Ban Christbam in da Stubn die Kerzn hom brennt,
a Schäckl Kinna hom gholtn ba da Mutta ihre Händ.

Da Christbam is gstondn auf an gsticktn Tuach,
obm worn ane Packl und a Poar neigi Schuach.
Für die Kinna zum Onlegn wos Woarms hom ma braucht,
vorm Gschenk aufmochn hom ma die Finga in Weihwossa taucht.

As Kreiz hom ma gmocht im Glaubm für die großi Freid,
wir worn donkboar für die scheni Zeit.
Glücklich worma sou vüll ba an Schal oda a Haubn,
heit kimmbs uns via es is olls a Traum.

Sou wor in dem Krieg die Heilige stille Nocht,
wir worn zfriedn und hot uns donkboar gmocht.
Für die Zeit im Lebm donk ma recht gern,
es sulln wieda frohe und gsunde Weihnochtn werden.

Aus: Sepp Konrath, An lustign Bauan sei Lebm – Literaris Verlag 2009,
ISBN 978-3-902714-00-8

Maria Prettenthaler

Mein erster Christbaum

Es war Krieg und Weihnachten stand wieder vor der Tür.

Bei uns zu Hause war Weihnachten nicht spürbar, denn wir hatten gar keinen Christbaum stehen und mein Vater hatte eigentlich auch gar kein Interesse daran.

An einem Tag musste ich zur Nachbarin gehen, um etwas Milch zu holen – der Schwarzhandel untereinander blühte natürlich aufgrund des Krieges –, und so sah ich einen Christbaum in ihrem Haus stehen. Ich bekam ein eingewickeltes Zuckerl von ihrem Baum, jedoch aß ich es nicht gleich, sondern nahm es samt der Milch mit nach Hause. Alsgleich kam mir eine Idee – ich wusste, das meine Mutter Würfelzucker hatte und natürlich auch ein Papier, das sie zum Schmücken von Blumensträußen verwendete, da man ja früher nicht einfach in eine Gärtnerei ging, sondern die Blumen selbst pflückte, um sie dann mit einem schönen Papier zu verzieren.

Nachdem ich die Würfelzucker und das Papier besorgt hatte, nahm ich Vaters Axt und machte mich in den Wald auf, um selber ein kleines Bäumchen zu schlagen. Er war nicht besonders schön, aber es war mein eigener Christbaum und ich hatte eine riesige Freude damit.

So nahm ich etwas Moos vom Wald auch gleich mit und setzte dann, zu Hause angekommen, meinen Baum in einen alten Blumentopf. Ich nahm ein paar Kekse, band einen Zwirn daran und schmückte so meinen kleinen Christbaum. Natürlich durften die eingewickelten Würfelzucker auch nicht fehlen, und als der Baum von mir fertig aufgeputzt war, stand ich voller Freude davor, starrte ihn an und dachte mir, dass dieser kleine Christbaum mein Weihnachtsgeschenk für mich selbst war. Es war mein erster Christbaum bei uns zu Hause!

Ich wusste, dass die anderen Nachbarskinder schon die weihnachtlichen Traditionen erleben durften, sie hatten alle einen Christbaum zu Hause stehen und wurden auch von ihren Eltern beschenkt. Aber mein Vater war halt ein Meister des Sparens und legte auch keinen Wert darauf, Geld für das Weihnachtsfest auszugeben.

Und so war mein kleiner Christbaum für mich ein ganz besonderes und schönes Geschenk.

Ruth Negrau, Weihnachten 1968 in Graz

Gerda Sokac

Wir waren arm, aber nicht unzufrieden

Es war kurz nach Kriegsende. Wir waren sehr arm, aber nicht unzufrieden. Meine Eltern waren Kriegsflüchtlinge, vertrieben aus ihrer alten Heimat Rumänien, und trotzdem ist es ihnen gelungen, in ihrer neuen Heimat in Graz Fuß zu fassen.

Mein Vater war als Gatterist in einer Firma angestellt, und als Weihnachten näher kam, schnitzte und bastelte er aus Holzabfällen Geschenke für uns drei Kinder. Wir wussten natürlich nichts davon.

Es war Heiliger Abend und mein Bruder, meine Schwester und ich warteten schon gespannt, ob das Christkind auch für uns etwas mitgebracht hatte. Es war schön – mein Bruder bekam ein Dreirad aus Holz, es war grau gestrichen und sah einfach toll aus.

Meine etwas ältere Schwester und ich bekamen je einen Puppenwagen, beide waren wunderschön und wir hatten eine riesige Freude. Meine Mutter nähte für uns beide aus Stoffresten eine kleine Fetzenpuppe und legte sie in unsere Puppenwagen.

Als ich in meinen Wagen hineinschaute, entdeckte ich ein langes, schwarzes Haar auf dem Kopf meiner Puppe. Es musste wohl von meiner Mutter stammen, aber ich dachte, dass meine Fetzenpuppe bereits Haare hatte, zwar nur eines, aber immerhin Haare. Dass das Haar vom Kopf meiner Mutter war und einfach nur auf meine Puppe gefallen war, war für mich damals natürlich nicht klar.

So lief ich zu meiner Schwester und zeigte ihr voller Stolz meine „behaarte“ Puppe. Es war für mich eine kleine Genugtuung, denn meine Schwester gefiel sich aufgrund ihres Alters immer in der Rolle der „Besseren“ und „Klügeren“ und hatte es auch immer wieder meinen Bruder und mich spüren lassen. Und endlich hatte ich etwas, was besser und schöner war – eine Puppe mit einem Haar am Kopf.

Es war ein schönes Geschenk und ich lief tagelang mit meinem Puppenwagen auf und ab, wohl mit dem Wissen, dass meine Puppe etwas Besonderes hatte.

Familie Negrau, Weihnachten 1966 in Graz

Ingeborg Schnur

Weihnachtserinnerung

Wenn Nikolaus und Christkind näherrücken,
kommt die Erinnerung an kindliches Entzücken.
Da hab ich einmal unterm Weihnachtsbaum
den kleinen Teddy vorgefunden,
meinen übergroßen Wunsch und Weihnachtstraum!
O, du mein lieber, kleiner Teddybär
und ist es auch schon lange, lange her,
beim Liebhaben und Kuscheln bliebst du stumm,
doch wenn ich dich fest schüttelte,
machtest du „brumm!"

Einmal, da brummte er ganz tief und lang,
ach Teddybär, da wurde ich ganz bang!
„Tut dir das Bäuchlein weh?" Sah ich ein Nicken?
Ich selber hatte ja so oft das „Bauchwehzwicken!"
Dann salbte mir die Großmutter mit Bratenfett
das Baucherl ein und steckte mich ins Bett,
mit einem warmen Ziegel auf dem Bauch,
so machte ich es mit dem armen Teddy auch.

Nach einer Zeit – das Brummen hatte aufgehört,
bemerkte ich am Teddy ganz verstört.
Sein Fellchen stank und war ganz voller Schimmel!
Mein Gott – wenn das das Christkind sieht im Himmel!!!
Da fiel mir „Gott sei Dank" mein Schutzengel ein,
ich wickelte das Bärlein warm und fein
und schrieb ein Brieferl hoffnungsvoll,
was mit dem Teddybär geschehen soll.
O Christkind – lass das Bärlein ganz gesund erstehn!
Dann legte ich mit tiefem Herzensweh

den armen kranken Kerl in den Schnee!
Am nächsten Morgen war er dann verschwunden!
Ich aber litt in dem Advent an bittren Stunden!

Jedoch am „Heiligabend“ unterm Christbaum – welche Freude –
war es vorbei mit meinem Herzensleide!
In einem wunderlieben „Steirergwand“
ich meinen Teddybären da wiederfand!
Dazu ein Brieferl – wohl vom Christkindlein,
„dein Teddy hat kein heiles Fell – das konnt’ nicht sein!
Als Steirerteddy aber – hab’ ihn lieb!“
Es waren so viele Weihnachtswünsche,
dass mir zu einem Weihnachtswunder keine Zeit verblieb!
Das war doch Mutters Handschrift? Kann das sein?
Hab Herzensdank du liebes Christkind = Mütterlein!

Adele Trummer

Graz, 1935

Vierzehn Tage nach meiner Geburt wurde ich ein „Kostkind“ – meine Mutter gab mich zu einer Pflegefamilie. Sie musste viel arbeiten und konnte mich dabei nicht brauchen, ich war ja nur ein „Kind der Liebe“, also ein lediges Kind.

Ich ging die ersten 5 Jahre in St. Margarethen a. d. Raab zur Schule. Während meiner Schulzeit bekam ich per Post jedes Jahr zu Weihnachten ein großes Packerl von meiner Mutter geschickt. So fuhr der Sohn meiner Ziehmutter, der Jakob, mit dem Rad zur Post und holte das Packerl ab, ich war natürlich immer ganz aufgeregt. Ich musste mich aber immer bis zum Heiligen Abend gedulden. Das Packerl wurde dann in der hinteren Stube, wo auch der Christbaum stand, verstaut. Aber ich schaffte es immer wieder, heimlich meine Ziehmutter beim Auspacken zu beobachten, und so wusste ich vorher schon, was meine Mutter mir zu Weihnachten schickte – Süßigkeiten und meistens Gewand – es war lustig.

Zum Essen gab es dann einen guten Braten mit einem selbstgebackenen Weißbrot, es schmeckte herrlich. Danach gingen wir zur Mette beten, wir alle hatten eine Laterne in der Hand – es war schön anzuschauen.

Nach der Volksschulzeit kam ich aufgrund meiner guten Noten nach Graz auf Kost zu meiner Tante und besuchte dort die Hauptschule Grabenstraße. Ich war nicht immer sehr verträglich und so kam es einmal zu einem heftigen Streit zwischen meiner Cousine und mir, wobei ich sie im Zuge dessen kräftig gegen die Türe stieß. Es blieb nicht ohne Folgen – ich musste meine Tante verlassen und kam bei einer Greißlerfamilie in der Klusemannstraße unter. Dort konnte ich nach Abschluss meiner Schule eine Lehre als Kauffrau machen, und eigentlich ging es mir nicht schlecht bei den Erwinger's, den Kaufleuten.

Eines Tages verstarb unerwartet meine Chefin und so lag es dann an mir, auch das Kochen für uns zu übernehmen – es war ja sonst keiner mehr da. Ich hatte damals allerdings keine Ahnung vom Kochen. Zum Glück kam anfangs die Frau vom Bäcker, die einen Stock über uns wohnte, zu uns und half mir. Es gab immer viel zu tun – zu dieser Zeit war Österreich schon von Hitler besetzt. So musste ich regelmäßig sämtliche Lebensmittelkarten für Kaufleute beim Koloniemport einlösen, um so unsere Kunden rechtzeitig versorgen zu können. Es gab nicht viel zu dieser Zeit, Kakao, russischen Tee oder Bohnenkaffee waren Mangelware – Hitler ließ ja nichts mehr einführen. Auch Zuckerl holte ich zu Fuß mit dem Rucksack in der Stadt, damit die Kinder unserer Kunden zu Weihnachten etwas bekamen. Ich musste um fünf Uhr in der Früh aufstehen und mich lange anstellen, sonst hätten wir nichts mehr bekommen.

Nach einem langen Arbeitstag gab es dann am Heiligen Abend für meinen Chef, seinen Sohn und mich ein gemeinsames Essen. Einen guten Braten oder auch manchmal ein Huhn, das ich vom Bauern aus meiner Heimat am Land holen durfte. Einmal, ich erinnere mich ganz gut, vergaß ich, das Huhn zu salzen. Mein Chef ließ sich nichts anmerken und ich war auch ganz still, es wurde ja trotzdem gegessen. Nach dem Essen gingen wir dann zur Christmette. Auch am Christtag gab es nochmal ein gutes Essen – Fleisch, Gemüse, Erdäpfel und Salat –, aber keinen Reis, den gab es nicht mehr.

Geschenke unterm Christbaum waren allerdings sehr spärlich, Strümpfe oder vielleicht Taschentücher. Ich war damals ein siebzehnjähriges Mädchen, ich hatte nicht viel Ahnung, aber ich hatte eine Arbeit und bekam zu essen – ich war zufrieden.

Weihnachtsmarkt am Grazer Schlossberg, 2010

Anni Zimmermann

Weihnachten 1956 mit Flüchtlingen aus Ungarn

Das Gasthaus zur Post von Anna und Florian Zimmermann in Söding (Bezirk Voitsberg) war mein Elternhaus. Es war ein großer Gasthof. Damals haben wir Mägde gehabt, eine Saudirn und für die Pferde war ein lieber alter Herr mit einem aufgedrehten Bart, der Herr Winter, zuständig. Der hat immer einen Schladminger angehabt. Der ist damals mit den Pferden gefahren und mit dem Galles[13] und im Winter mit dem Schlitten. Für die Schweine war jemand zuständig, für die Kühe war auch jemand da. Es gab ein Auszugstüberl, wo alle geschlafen haben. Die waren an diesem Heiligen Abend alle zusammen.

Ich war ein Kind von 9 oder 10 Jahren, da hat es sehr viele junge Flüchtlinge gegeben.

Der ganze Saal war mit Matratzen ausgelegt und es waren einige Wochen sehr viele Ungarn da, die auch verköstigt worden sind. Das war eine freiwillige Sache von meinem Vater, von meinen Eltern. Es war sehr schön, dass sie das gemacht haben.

Aus lauter Freude haben alle geweint und ich habe das damals nicht verstanden. Mein Vater hat geweint, meine Mutti, viele haben geweint.

Es war ein einschneidendes Erlebnis für mich.

Am Heiligen Abend hat mein Vater dann alle eingeladen. Da sind die Tische zusammengestellt und die Tür ausgehängt worden. Bis zum Vorhaus, bis zur Stiege, da sind wir dann alle gesessen und sind alle bewirtet worden. Alle haben zum

---

13 Pferdefuhrwerk

Essen und Trinken bekommen. Wir haben im Gasthaus eine sehr große Küche gehabt.

Beim Christbaum, da haben wir gesungen, wir als Kinder, das Lied „Stille Nacht, Heilige Nacht“. Ich hab das alles so schön gefunden. Es war alles so schön, die Lichter und so. Alle haben geweint und waren sehr traurig, besonders die Ungarn.

Dann sind alle weiter nach Amerika gegangen. Sehr lange haben sie meinen Eltern noch geschrieben. Da haben sie geschrieben, dass es ihnen gut geht drüben. Das war ja die goldene Zeit, wo es gut war, dass sie dorthin gegangen sind. Und irgendwann kamen dann keine Briefe mehr.

Christl Blütl

Ein Blick durchs Schlüsselloch

Der Heilige Abend war für uns fünf Kinder immer etwas ganz Besonderes und der schönste Tag im Jahr, vor allem deshalb, weil wir am Abend sehr ruhig sein mussten, so dass unser Großonkel uns Kindern eine Geschichte erzählen konnte.

Unser altes Haus war warm geheizt und voll mit Strohsternen und Lebkuchen dekoriert. Als endlich alles ruhig war, begann unser Großonkel die Geschichte von der Perchta[14] und den sprechenden Tieren im Stall zu erzählen, wobei wir alle voller Neugier und Erwartung unser Haus verließen und unserem Großonkel in den Stall folgten.

Der Stall war herrlich warm und das Wiederkauen der Viecha[15] war lustig zum Anschauen – aber, es war nichts zu sehen oder zu hören.

Er erzählte uns: Vor vielen Jahren zog die Perchta mit jenen Kindern, die nicht getauft waren, um die Häuser herum und wollte dabei überhaupt nicht gestört werden, das wollte sie gar nicht.

Der Knecht aber dachte sich einmal, er könne es ja mal probieren, einen Blick durchs Schlüsselloch zu riskieren, ob er denn wirklich die Perchta mit den Kindern sehen könnte.

Und wirklich – auf einmal riss ein Windstoß die gegenüberliegende Stalltüre auf und die Perchta stand mit zwölf Kindern im Stall. Er sah sie durchgehen – nur ein Kind, das Dreizehnte, blieb in der Tür stehen, es war ein kleines Mäderl.

Der Knecht rief plötzlich dem kleinen Mädchen zu: „Gschodawaschl[16], nach, nach, nicht stehen bleiben!“

---

14 Eine böse, finstere alte Frau
15 Tiere
16 Wuschelkopf, stark gelocktes Haar

Und so bekam das kleine Mädchen durch den Knecht einen Namen und wurde somit erlöst und verschwand – sie war fort – im Himmel!

So zog die Perchta mit nur mehr zwölf Kindern weiter, aber der Knecht wurde von ihr bestraft – er erblindete auf jenem Auge, mit dem er durchs Schlüsselloch gespäht hatte.

Wir Kinder waren geschockt und schworen uns, nie wieder in den Stall mitzugehen, auch nicht zum Losen[17]!

Unser Großonkel erzählte uns dann noch von den Tieren, die am Heiligen Abend sprechen konnten und alles erzählten, wer gut oder böse war, und bevor noch die Geschichte zu Ende war, schliefen wir fünf Geschwister einer nach dem anderen im warmen Heu ein.

Am nächsten Morgen brachte uns unsere Mutter wieder zurück ins Bauernhaus und schließlich waren wir alle froh, dass das kleine Mädchen erlöst worden war.

17 Zuhören

Ruth Maier

Das bunte Buch

Glaubt ihr, dass es das Christkind gibt? Du schon? Ihr eher nicht?

Also, heute bin ich mir da auch nicht mehr so sicher, aber damals, vor ungefähr 50 Jahren, da gab es das Christkind sicher noch.

Wer hätte mir sonst das wunderschöne blaue Samtkleid geschenkt, das so gut zu meinen blonden Zöpfen passte? Oder ein andermal die weißen Schlittschuhe, mit denen ich dann im Eislaufverein stundenlang meine Achter fuhr. Und dann der Norwegerpullover für meinen großen Bruder, dem mein Vater gedroht hatte, es werde diesmal zu Weihnachten gar nichts geben – er musste wohl irgendwas angestellt haben. Der sonst so coole 14-Jährige – wie man heute sagen würde – hatte Tränen in den Augen, als er den grün-braunen Pullover auspackte. Den konnte wohl nur das Christkind gebracht haben.

Aber was ich eigentlich erzählen wollte, war die Geschichte über mein „Buntes Buch“.

Ich war damals ungefähr 7 Jahre alt, jedenfalls konnte ich schon lesen, und ich wünschte mir vom Christkind ein Märchenbuch. Niemand kannte meinen Wunsch, nur ans Christkind hatte ich einen Brief geschrieben. Und dann geschah es, dass ich in unserem Kleiderschrank etwas suchte. Heute weiß ich nicht mehr, was es war, jedenfalls entdeckte ich unter einem Stoß Wäsche ein großes, dickes Buch – mein Märchenbuch. Das Christkind musste es wohl hier versteckt haben. Ist doch klar, dass es am 24. Dezember nicht alle Pakete über weite Strecken schleppen konnte. So hatte es mein Märchenbuch wohl schon einmal hier zwischengelagert. Aber – da war ich mir ganz sicher – Geschenke, die vorzeitig von neugierigen Kindern entdeckt wurden, verschwanden wieder.

Das kennt man ja aus der Geschichte über die Heinzelmännchen, die für immer verschwanden, nachdem die neugierige Frau des Schneiders – oder war es ein Schuster? – sie erblickt hatte.

Es wurde eine unruhige Adventszeit für mich. Einmal war ich sicher, dass es kein Märchenbuch für mich unter dem Christbaum geben würde, dann wieder hoffte ich wenigstens auf ein dünnes, kleines Buch mit nur wenigen Geschichten. Und manchmal erträumte ich mir, dass das Christkind gar nicht gemerkt hätte, was ich entdeckt hatte – aber nein – das Christkind wusste ja alles. Und dann begann das Grübeln von Neuem. Aber eigentlich, eigentlich hatte ich ja nicht aus Neugierde nach Weihnachtsgeschenken gesucht, ich hatte das Buch ja nur zufällig entdeckt. Vielleicht würde das Christkind hier ja ein Auge zudrücken. Aber …?

Ja, das wurde eine lange und schwere Wartezeit für mich, aber endlich, endlich war der Weihnachtsabend da.

Das Glöcklein läutete – gerade wieder in dem Augenblick, als mein Großvater seine Weste, Sweater nannte er sie, aus dem Zimmer holte, in dem alle Jahre der Weihnachtsbaum stand. Trotzdem hatte er das Christkind nie gesehen – also ich weiß nicht … jedenfalls – wir betraten den Raum, ich war noch etwas aufgeregter als sonst – und da lag es – ganz allein lag es unter dem Christbaum:

Das bunte Buch

Max Hamedinger

Der duftende Weihnachtsbaum

Es war im Dezember 1984, kurz vor Weihnachten. Meine Frau, mein Sohn Maxl und ich lebten damals als Kleinfamilie in Oberösterreich, im Bezirk Schärding.

Maxl war gerade mal drei Jahre alt, und wie es sich zu Weihnachten gehörte, überlegte ich mir, wo ich am besten einen schönen Christbaum für uns besorgen könnte. Ich fragte einen nahen Bauern, der immer wieder zur Weihnachtszeit eine Vielzahl von seinen Bäumen bei sich am Hof zum Verkauf anbot.

Nachdem ich einen schönen Baum für uns ausgesucht hatte und ich ihn nicht gleich mit nach Hause nehmen konnte, versteckte ich den Christbaum hinter einem Silo beim Bauern. Somit war sichergestellt, dass der Baum bis zum Abholen am Heiligen Abend nicht an einen anderen verkauft werden konnte.

Am Vormittag des 24. Dezember machte ich mich auf den Weg und holte den versteckten Baum beim Bauern ab. Zu Hause angekommen, stellte ich sofort den Christbaum in unserem Wohnzimmer auf und schmückte ihn mit schönen, bunten Kugeln, Lametta und natürlich mit einigem Süßen.

Stunden später, als ich wieder das Wohnzimmer betrat, kam mir ein unangenehmer, stark nach Silo stinkender „Duft“ entgegen. Es war mir sofort bewusst, dass der Baum ja einige Tage beim Bauern hinter dem Silo versteckt gelegen war und sich durch die Wärme in unserem Wohnzimmer im ganzen Raum der fürchterliche Gestank des Silos entfaltet hatte.

Ich holte meine Frau herbei und zusammen räumten wir den schön geschmückten Christbaum ab und entsorgten ihn sogleich.

So blieb keine andere Wahl, ich schnappte mir meine alte Säge und ging in den angrenzenden Wald des Bauern, um mir mit seiner Erlaubnis einen neuen Christbaum zu holen.

Nach getaner Arbeit schmückte ich den neuen Baum sofort wieder und erst dann konnten wir, etwas verspätet, gemeinsam und in aller Ruhe unser Weihnachtsfest genießen.

Hildegard Perschthaler, geb. Wesener

Erinnerungen an Weihnachten

Weihnachten in meiner Kindheit verbinde ich mit dem Geruch von Schweinsbraten und Vanillekipferln, freudiger Erwartung auf die Bescherung und einem kindlichen festen Glauben an das Christkind! Erst in der 4. Klasse Volksschule klärte mich meine Großmutter auf, wie das wirklich mit den Geschenken ist, die das „Christkind" bringt. Für mich stürzte damals nämlich eine Welt zusammen, denn mein Glaube war so unerschütterlich, dass es mich nicht einmal stutzig gemacht hatte, dass andere Kinder viel mehr bekommen hatten und viele unserer Wünsche dagegen nicht erfüllt worden waren. Trotzdem hatten wir eine unbeschwerte Kindheit, in der wir kaum etwas vermissten, und die Weihnachtsfeste hatten dabei einen sehr hohen Stellenwert.

Es war üblich, dass am Heiligen Abend auch unsere Verwandten aus Linz da waren, Onkel und Tante und die beiden Cousins. Wir selber waren 6 Kinder, dazu kamen noch Eltern, Großeltern und eine Tante, so dass wir gleich ein Haufen Leute waren.

Das „Weihnachtszimmer" war am 24. Dezember versperrt und wir Kinder hielten es vor Spannung und Neugierde kaum aus. Onkel Winfried aus Linz hockte sich einmal vor die versperrte Tür, schaute durchs Schlüsselloch hinein und ließ sich dann rücklings auf den Boden fallen. Erschrocken fragten wir ihn, was denn los sei, und er erklärte uns, dass das Christkind ihn mit einer Nadel ins Auge gestochen habe, denn Schauen war ja nicht erlaubt!

Meine Mutter hielt die Weihnachtsbäckereien auch unter Verschluss – erst am Heiligen Abend durften sie zum ersten Mal probiert werden. Mein Bruder Gerhard und ich konnten aber vor allem den Vanillekipferln einfach nicht widerstehen.

Diese waren in einem Suppentopf aus Meißner Porzellan aufbewahrt, der in der Abstellkammer stand. Unsere Wohnung war sehr groß – 250 Quadratmeter Altbau mit einem Vorzimmer, in dem wir Kinder Ball spielten und mit dem Roller fuhren! – und immer, wenn wir uns trafen, schlichen wir uns in die Kammer und kosteten von den herrlichen Kipferln.

Meine Mutter traf fast der Schlag, als sie am Heiligen Abend feststellte, dass der Suppentopf zur Hälfte leer war! Aber seitdem gab es die Weihnachtsbäckerei auch schon vor Weihnachten.

Weihnachten, das waren 4 Meter hohe Christbäume, geschmückt mit selbstgebasteltem Schmuck von unserer Tante und vielen Zuckerln, gewickelt in Fransenpapier, und Windringerln, die ich eigentlich nicht so gerne mochte. Geleeringerl waren mir da viel lieber!

Da die Bäume sehr hoch waren, geschah es einmal, dass der Christbaum umfiel! Die Windringerl waren alle kaputt, aber das war mir eh egal. Von diesem Zeitpunkt an wurde der Christbaum dann mit einem dicken Wäschestrick an den 3 Fensterreibeln im Erkerzimmer und quer durch den Raum noch an der Wand befestigt. So hatten wir die Möglichkeit, auch den Strick noch weihnachtlich zu dekorieren!

Schön war auch das gemeinsame Singen und Musizieren und das Aufsagen von Gedichten oder von kleinen Weihnachtsspielen, die wir einstudiert hatten. Einmal stieg ich als Engel von der Stehleiter herunter und sang dabei: „Vom Himmel hoch, da komm ich her."

Die Geschenke waren nicht verpackt, sondern lagen so da, auf festgelegten Plätzen, und unsere Großmutter erlaubte uns nicht, diese gleich mitzunehmen. Sie mussten über die Feiertage dort noch liegen bleiben. Falls Besuch kommt, sollte der sehen, was es alles an Geschenken gegeben hatte. Da unsere Großmutter eine sehr resolute Frau war, hatte sie sich damit eine Zeitlang durchgesetzt!

Einige Jahre über war es üblich, dass wir, auch als wir schon selbst Kinder hatten, uns alle am Christtag in Graz trafen. Da flackerte noch einmal der Zauber der kindlichen Weihnacht auf, der aber nie wieder in dieser Form erreicht worden ist.

Familie Wesener in Graz, 1959
(Gerhard, Hildegard, Ingried, Brigitte, Roswitha)

Hildegard Perschthaler, geb. Wesener

Ein heikles Geschenk

Ich war noch ein kleines Mädchen und bekam zu Weihnachten eine schöne Puppe mit Porzellankopf. Alle sagten mir ständig, dass ich aufpassen müsse, damit der Kopf nicht zerbrach. Das ging so lange, bis es mir zu dumm wurde und ich meiner Mutter die Puppe in die Hand drückte. Als sie mich erstaunt ansah, meinte ich: „Schick die Puppe dem Christkind zurück, denn wenn ich damit nicht spielen darf, dann will ich sie gar nicht haben." Von dort an durfte ich mit der Puppe spielen, wie ich wollte, und es gab keinerlei Ermahnungen mehr, besonders gut darauf aufzupassen.

Michaela, Weihnachten 1969 in Knittelfeld

Hildegard Perschthaler, geb. Wesener

Mein Brief an das Christkind

Als Kinder schrieben wir in der Vorweihnachtszeit eifrig Briefe an das Christkind, die wir dann zwischen den Fensterscheiben deponierten. Am nächsten Morgen schauten wir gespannt nach, ob sie wohl abgeholt worden waren. Das war auch immer der Fall. Aber als ich einmal doch nicht so artig war, wie ich hätte sein sollen (obwohl ich mir das gar nicht vorstellen konnte!!), lag eines Morgens mein Brief noch immer zwischen den Fensterscheiben! Das war ein großer Schock für mich und von dort an bemühte ich mich sehr, ganz brav zu sein, damit das Christkind meinen Brief doch noch holte und ich am Heiligen Abend nicht ohne Geschenk dastand.

Sepp Pichler, Gallmannsegg

Weihnachten gemeinsam unterwegs

Ich war früher einmal LKW-Fahrer, mitunter auch Fernfahrer, und hatte dabei ewig Schwierigkeiten gehabt, meist mit der Polizei. Einmal zu schnell, dann wieder samstags die Zeit überschritten, dann wurde ich abgestellt – irgendwo unterwegs. Den LKW haben sie auf einen Parkplatz gezogen, weil man auf einem öffentlichen Standplatz nicht stehen durfte. Jedes Mal Abstellen ist die Strafe höher geworden, zuletzt waren es so um die 7.000 Schillinge (ca. 500 €). Dann hat man schauen müssen, dass man durchgekommen ist. Oft ist man nur 12 oder 14 Kilometer vor dem Ziel gestanden.

So ist es mir am Hochzeitstag und auch zu Weihnachten gegangen. Meist haben sie schon am Schoberpass kurz nach drei gewartet und geschaut, dass sie einen LKW-Fahrer erwischen. Meist ist meine Frau Irene mitgefahren, so auch am Heiligen Abend vor 15 Jahren. Es war wieder etwas später, da habe ich mir gedacht, ich probier's einfach. Da haben sie mich wieder abgestellt.

Dann haben wir schauen müssen, dass wir mit irgendeinem, der mit verderblichem Gut gefahren ist und noch fahren durfte, mitfahren konnten. So sind wir bis kurz vor Graz gekommen. Von der Einfahrt des Plabutschtunnels bis nach Graz sind wir dann zu Fuß gegangen.

Am Tag nach dem Heiligen Abend sind wir um vier Uhr in der Früh nach Hause gekommen. Da war der Heilige Abend dann für uns schon vorbei.

Roswitha Wesener

Letztes gemeinsames Weihnachtsfest

21. Dezember 2004

Adventzeit – Zeit der Ankunft – das Weihnachtsfest ist nahe.

Siegfried wurde in ein Einzelzimmer auf der Neurochirurgie verlegt. Er war in einem Schlafzustand, eine Körperhälfte gelähmt, und er zeigte kaum Reaktionen. Wir (Familie, Freunde, Verwandte) waren rund um die Uhr bei ihm. Wir wollten bei ihm sein und ihn auf keinen Fall alleine lassen.

Die Ärzte versorgten ihn mit Infusionen und bei den Visiten wurde kaum gesprochen. Wir wussten, dass Siegfried aufgrund eines sehr aggressiven Gehirntumors bald sterben würde.

Musik, die er liebte, erklang im Raum. Ich erzählte ihm von unseren Kindern, vom Alltag … ich war mit ihm in Kontakt.

Der Heilige Abend kam und wir wollten Weihnachten unbedingt bei und mit ihm feiern. So kamen alle Kinder am Nachmittag ins Krankenhaus.

Siegfried las immer bei der Bescherung aus der Bibel vor, diesmal übernahm ich diesen Teil. Den Tränen nahe, war es besinnlich schön und traurig, als ich die Worte sprach. Magdalena spielte auf der Geige Weihnachtsmusik und wir sangen auch ein Weihnachtslied.

Siegfried atmete ruhig und ich wusste, dass er ganz bei uns war. Mir war bewusst, dass er uns hörte. Er lag zufrieden in seinem Bett. Es war ein anderes, sehr besinnliches Weihnachtsfest mit Siegfried in unserer Mitte.

Es war ein Abschied und zugleich ein Loslassen, damit er seinen neuen Weg gehen konnte.

Am 29. Dezember 2004 ist Siegfried gestorben. An diesem Tag spürte Reingard zum ersten Mal ihren Sohn Mario in ihrem Bauch, unseren ersten Enkel.

Meine Tochter Anna-Sophie war damals 5 Jahre alt und tröstete mich mit den Worten: „Papa wird immer in unseren Herzen bleiben."

Der Tod, der Abschied, die Trauer und das Leben gehören einfach zusammen.

Markus Sommer

Das Friedenslicht von Kainach

Kainach, Vorweihnachtszeit im Jahr 2006

Es war eine ruhige, besinnliche und dennoch hektische Zeit, die ich zusammen im Kreise meiner Familie wie schon die Jahre zuvor in einem weststeirischen Kellerstöckl verbrachte.

Es war das gepachtete Wochenendhaus meiner Schwiegermutter, die es zur Tradition werden ließ, jene besinnliche Zeit vor Weihnachten zusammen mit ihren vielen Kindern, darunter auch meine Frau, in diesem Haus zu erleben.

Es war ein relativ kleines Haus, doch trotz so manch räumlicher Platznot war ein Hauch von Friede und Ruhe zu verspüren.

Werte, die einem das ganze Jahr gar fremd erscheinen mögen, werden plötzlich aus dem Bewusstsein gelöst und binden so manches, was sonst nicht für notwendig erachtet wird oder in der Hektik des täglichen Lebens keinen Platz findet.

Für mich sind diese Momente etwas Besonderes und geben Kraft und Energie, aber auch viel Fröhlichkeit und Frohsinn mischen sich in unsere gemeinsamen Festtage und ergeben somit wahrhaftig witzige und lachhafte Situationen.

So geschehen im Jahr 2006.

Der Tag neigte sich dem Ende zu und ich vertrat mir bei einer Zigarette die Beine vor dem Haus. Während ich mich dem Genuss meiner Kippe hingab, hörte ich einen leisen, vorsichtigen Zuruf. Es war unsere Nachbarin.

Wir hatten eigentlich allesamt ein recht gutes, nachbarschaftliches Verhältnis zu ihr, das sich aber hauptsächlich auf ein freundschaftliches Begrüßen beschränkte.

Mit einiger Verwunderung ob ihres Zurufens eilte ich die Wiese zu ihr hinab. Sie reichte mir eine schöne, alte Laterne mit einer brennenden Kerze darin und erklärte mir, sie hätte für uns das Friedenslicht.

Etwas irritiert übernahm ich dankend die Laterne und versuchte krampfhaft, mich daran zu erinnern, warum sie mir dieses Geschenk überreichte. Unsere Nachbarin konnte natürlich nicht wissen, dass mir der Brauch des weiterreichenden Friedenslichtes gänzlich unbekannt war. Anhand ihrer runzelnden Stirn und ihres etwas merkwürdigen Gesichtsausdruckes erahnte ich die Situation und bot ihr an, ihr die Laterne mit dem Friedenslicht am nächsten Tag zurückzubringen. Kaum ausgesprochen, kam rücklings zu meinem großen Glück meine Schwiegermutter heran und erkannte sofort die Absicht unserer Nachbarin. Sie nahm die Laterne dankend an sich und versicherte ihr, das Friedenslicht, nachdem es bei uns entzündet wurde, wieder sofort zu ihr zurückzubringen.

Sichtlich erleichtert, aus dieser peinlichen Lage gerettet worden zu sein, versuchte ich, mich noch höflich zu verabschieden, was mir aber leider nicht ganz gelang, da ich, nachdem ich erst die Situation verstanden hatte, in einen nicht enden wollenden Lachkrampf verfiel. Ich stolperte, so schnell ich konnte, lachend zu unserem Haus zurück und versuchte, den anderen mein peinliches Missgeschick zu erzählen. Nach einem kurzen „Small Talk“ mit der Nachbarin folgte meine Schwiegermutter lachend ins Haus und erläuterte den anderen meine missverstandene Friedenslichtaktion. So saßen wir dann alle lachend in der Stube und beobachteten meine Schwiegermutter beim Versuch, das Friedenslicht behutsam bei unserer Kerze zu entzünden.

Und es kam, wie es kommen musste – das Friedenslicht unserer Nachbarin war plötzlich erloschen.

So blieb uns nichts anderes übrig, als die beiden Lichter erneut mit einem normalen Feuerzeug zu entzünden – und, Frau Nachbarin, sollten Sie diese Geschichte jemals zu lesen bekommen, so mögen Sie bitte nachsichtig sein und uns verzeihen, so dass der Friede immer über uns ausgebreitet sein wird.

Lydia Lasutschenko
(KLEINE ZEITUNG, 24. Dezember 2010)

Tiertransport für den Heiligen Abend

Sie sind ein eingespieltes Team: Esel, Schafe und Ziegen verbringen Weihnachten bei der Krippe im Hof der Voitsberger Josefskirche.

Esel Pauli und Eselin Lena haben keine Probleme, miteinander am Heiligen Abend wieder ihren Dienst in der „Lebenden Krippe“ im Hof der Voitsberger Josefskirche anzutreten. Denn erstens sind sie in dieser Hinsicht schon routiniert und machen keine Mucken, wenn sie für einige Tage die Vor- und Nachteile eines Streichelzoos kennenlernen. Und zweitens hatten sie laut ihrer Besitzerin Anneliese Kollegger zu Weihnachten sowieso nichts anderes vor.

Was jedoch unter Umständen Schwierigkeiten machen könnte, ist der Transport der beiden Grautiere, die zusammen mit drei Schafen und zwei Ziegen vor der Krippe umherwuseln werden. Denn bei Pauli ist eine Eigenheit besonders stark ausgeprägt: Er ist störrisch. „Stimmt nicht, er überlegt nur, bevor er sich in Bewegung setzt“, meint Anneliese Kollegger, die eine Therapieausbildung zur tiergestützten Pädagogin macht.

Johann Perschler, Josef Zwanzger, Peter Peiner, Winfried Berchtold und Franz Binder, die den Eigenwilligen jedoch von Thallein zur Kirche bringen, scheinen anderer Ansicht zu sein: „Einmal wollte er Partout nicht in den Hof hineingehen. Er hat seine Beine ganz steif gemacht und ist stehen geblieben – wie angewurzelt“, erinnert sich Winfried Berchtold, der regelmäßig bei den Tiertransporten hilft. Und für den Esel gilt: „Wenn der Pauli nicht will, nutzt das gar nix.“ Was nicht dumm ist, denn dann wird der Sture von mehreren Männern zu seinem Arbeitsplatz getragen.

Eine weitere Eigenschaft, die Pauli auch schon deutlich gezeigt hat, ist seine Neugier: Das Tor des Holzzaunes, hinter dem sich die Tiere befinden, war nur mit einer Schlaufe gesichert. Der Esel schob sie mit seinem Maul so lange auf und ab, bis sie vom Gatter fiel – und die Schafe türmen konnten. Sie nutzten dann die Gelegenheit und schauten sich ausgiebig im Klosterhof um. „Irgendwie ist es aber gelungen, sie wieder einzufangen", schmunzelt Josef Zwanzger, ebenfalls ein versierter weihnachtlicher Tiertransporteur, der froh ist, dass sich die lebenden Krippenbewohner gut miteinander vertragen. In Ligist hat nämlich vor einigen Jahren das laute „Ia" eines Esels die Schafe nicht zum Blöken, sondern ohne langes „Mäh" zum Davonlaufen – vom Marktplatz bis auf den Dietenberg – gebracht.

Mit den Schafen und den Ziegen versteht sich das Voitsberger Esel-Paar jedoch recht gut. Das ist kein (Weihnachts-) Wunder, kommen doch alle aus einem Stall und leben tagaus, tagein in nächster Nähe – zusammen mit Gänsen, Hängebauchschweinen, Haflingern, Hasen, Enten, Pony, Katze und Hund sowie „der Henne Olga", fügt die sechsjährige Evelyne Kollegger hinzu. Sie und ihre Schwester Sarah machen Pauli vor seinem Krippenauftritt besonders fesch und striegeln ihn ausgiebig.

„Seit dem Jahr 2002 ist unsere ‚Lebende Krippe' eine Attraktion, der Klosterhof bietet sich dafür regelrecht an, er ist zu Weihnachten immer voller Besucher", freut sich Dechant Erich Linhardt über den Andrang von Kindern und Erwachsenen. Auch Evelyne Kollegger hat vor, mit ihrem Vater am Heiligen Abend zu ihren Tieren und zur Krippe zu kommen, um mit ein paar Leckerbissen eventuelles Heimweh zu lindern.

Die Organisatoren der „Lebenden Krippe“: Josef Zwanzger, Anneliese Kollegger, Evelyne Kollegger, Dechant Dr. Erich Linhardt, Winfried Berchtold in der Josefskirche in Voitsberg

Anonym

Herbergsuche 2010

Als 8-jähriges Kind bin ich 1999 mit meinen Eltern und meiner Schwester von Osteuropa nach Österreich geflüchtet. Weihnachten wurde im Heimatland meiner Eltern nicht gefeiert. Nachdem wir die Sprache gelernt hatten, wussten wir durch den Schulbesuch, wie die anderen Weihnachten feierten. Das haben wir zu Hause erzählt und seit acht, neun Jahren feiern wir nun Weihnachten so, wie es hier üblich ist. Als meine Schwester und ich noch klein waren, haben wir auch Geschenke bekommen.

Wir lebten in verschiedenen Flüchtlingsquartieren, mein Vater hat sich nach Frankreich abgesetzt und meine Mutter war mit uns Kindern alleine. Das laufende Asylverfahren wurde zweimal abgelehnt, was bedeutete, dass meine ganze Familie kein Bleiberecht bekam. 2010 ist die Polizei zu uns gekommen, weil unsere Familie abgeschoben werden sollte. Ich bin hier aufgewachsen und habe im Heimatland meiner Eltern keine Bezugspunkte, keine Zukunft. Da bin ich untergetaucht. Ich habe abwechselnd bei Freundinnen gewohnt. Eine Woche da, ein paar Wochen dort, oft hatte ich nichts zu essen und war auf private Unterstützung und die Caritas angewiesen. Ich hatte Angst, aufgegriffen zu werden, und bin kaum auf die Straße gegangen, ich musste mich verstecken. Die Angst war mein ständiger Begleiter, dadurch habe ich meinen Selbstwert verloren und bekam Depressionen. Von meinem Freund, mit dem ich seit zweieinhalb Jahren zusammen bin, bin ich noch dazu ungewollt schwanger geworden. Weihnachten 2010 habe ich ohne Familie und ohne ihn verbracht. Mein Freund und ich haben eine Fernbeziehung, da er in einem anderen Bundesland wohnt. Letzte Weihnachten konnte ich nicht mit meiner Mutter feiern, deshalb war ich bei einer Freundin, deren Eltern Streit gehabt hatten. Ihre Mutter ist einen Tag vor Weihnachten ins LSF (= Landesnervenklinik Sigmund Freud, Graz) eingeliefert worden, ihr Vater war Alkoholiker. In diesen Tagen war in dieser Familie die Hölle los. Ich war traurig. Ich hatte auch nichts von meiner Mama und von meiner Schwester gehört.

Normal feiert die Familie meiner Freundin Weihnachten, weil aber die Mutter ins LFS gekommen ist, wurde nicht gefeiert. Der Vater war betrunken in einem Zimmer. Meine Freundin und ich haben ferngesehen, sind runtergegangen, spazieren, an die frische Luft, und um zehn Uhr sind wir schlafen gegangen. Wir haben Weihnachten einfach nicht gefeiert.

Jetzt läuft der Antrag auf Niederlassung. Ich bekomme Grundversorgung, medizinische Unterstützung, kann mich wieder frei bewegen und hoffe, dass ich mit meinem Kind in Österreich bleiben kann.

Weihnachtsmarkt am Färberplatz in Graz, 2010

Christina Kraker-Kölbl
Betreuerin und Teamleiterin, 10/2001 bis 01/2011

Weihnachten im CARITAS Frauenwohnhaus

Im Frauenwohnhaus der Caritas leben im Durchschnitt 30 Frauen und 35 Kinder aus 12 Nationen. Das Thema „Warten“ bestimmt nicht nur die Adventszeit, in der wir uns auf die Ankunft Jesu vorbereiten, das Thema „Warten“ bestimmt besonders den Alltag der erwachsenen Bewohnerinnen. Sie alle sind Flüchtlingsfrauen, die aus unterschiedlichsten Gründen ihre Heimat, ihre Familie und ihr vertrautes Umfeld verlassen mussten und jetzt in Österreich neu beginnen möchten. Aber am Anfang dieses „neuen Lebens“ steht für sie das Warten, vor allem das Warten auf den Anfang ihres Asylverfahrens. Damit verbunden das Warten, endlich an der Gesellschaft ganz teilzuhaben, in Form von Ausbildung oder Arbeit, eigener Wohnung außerhalb eines Flüchtlingshauses, Nutzung von Angeboten in den Bereichen Sport, Freizeit, Kultur und einer Perspektive für sich selbst und für die Kinder.

Advent und Weihnachten werden in unserem Haus immer besonders gefeiert, vielleicht liegt es daran, dass sich diese Zeit besonders gut mit Kindern gestalten lässt, denn der religiöse Hintergrund der Bewohnerinnen ist nur zu ca. 30–40 % christlich, da vor allem aufgrund der tschetschenischen Flüchtlinge der Großteil der Bewohnerinnen Musliminnen sind. Es gab einige Jahre einen Adventkalender. Große Kalenderzahlen an den Zimmerfenstern oder Zimmertüren markierten die Wartezeit. Eine junge freiwillige Mitarbeiterin hat dann am jeweiligen Tag die jeweilige Familie mit Weihnachtskeksen besucht. In den letzten Jahren wird ein selbstgebastelter Adventkalender in der Rezeption des Frauenwohnhauses aufgehängt, jedes Kind darf einmal was herunternehmen. Damit es sich mit den Tagen ausgeht, müssen wir etwas schummeln, so dass einige Tage doppelt vertreten sind.

Der erste Höhepunkt der Adventzeit ist der Besuch des Nikolaus, seit 10 Jahren in Gestalt von Pfarrer Hermann Glettler. Im Vorfeld versuchen wir immer eine Schulklasse zu finden, die uns Nikolaussackerln für die Kinder und Äpfel für die Großen bereitstellt, damit es ein schöner Abend für alle wird. Gemeinsam wird in mehreren Sprachen gesungen und der Segen für alle Kinder im Haus erbeten. Eigentlich sind immer alle Mütter mit ihren Kindern anwesend, im Anschluss gibt's traditionellerweise Bratäpfel. Ich selbst bin oft sehr nachdenklich, weil die erzählten Nikolausgeschichten von Hunger und Armut für unsere Bewohnerinnen und ihre Lebenserfahrungen nur allzu aktuell sind.

Für die Mitarbeiterinnen und Mitarbeiter des Frauenwohnhauses ist die Adventszeit seht intensiv, gilt es doch für so viele Kinder und auch Erwachsene eine kleine Aufmerksamkeit vorzubereiten. Durch die so genannte „Christkindl-Aktion" der Kronen Zeitung können Kinder einen Brief ans Christkind formulieren und der Wunsch wird – soweit möglich – von Leserinnen dieser Tageszeitung erfüllt, oft selbst in finanziellem Engpass, denken sie doch oft an Menschen, die noch weniger haben. Jedes Jahr passieren aber Hoppalas, ein Paket kommt nicht rechtzeitig zur Weihnachtsfeier (meist am 23. Dezember) mit der Post an, ein weiterer Brief ans Christkind wird unbeantwortet retourniert, jemand wollte doch kein Kind mit ausländisch klingendem Namen unterstützen oder die heißersehnte Puppe (von dem ein Mädchen uns schon voller Vorfreude berichtete) ist gar keine Puppe, sondern es wurde stattdessen ein Teddybär geschickt. Für die Frauen versuchen wir – viele Jahre unterstützt von der Gemeinde Krauebene/Krakaudorf/Krakauschatten – auch eine kleine Überraschung zu organisieren (meistens Kalender,

Kosmetikproben, Modeschmuck etc.) Auch wenn wir aufgrund unserer Erfahrung schon einen guten Zeitplan haben und einen Tag vorher alle Geschenke vorbereitet sind, kommen wir doch immer noch ins Schwitzen, zudem sind unsere Büros vollgestapelt mit Geschenken, dazwischen ist aber der normale Arbeitsalltag zu bewältigen und die neugierigen Kinder sind abzuschirmen. Der Aufenthaltsraum wird weihnachtlich geschmückt und bleibt in den letzten Tagen vor der Weihnachtsfeier verschlossen und der Nachtdienst schmückt dann den Christbaum, wenn die Kinder im Bett sind.

Die Weihnachtsfeier selbst versuchen wir so zu feiern, wie wir es auch in unseren Familien machen. Es ist für viele Bewohnerinnen ein Stück neuer Alltagskultur, das auch mitzuerleben, da viele noch wenig Kontakt mit anderen Menschen in Graz haben. Mit einer kleinen Glocke gehen wir Betreuerinnen gemeinsam mit den Kindern durchs Haus und sammeln alle Erwachsenen ein, meist singen wir dabei „Jingle Bells", weil man dieses Lied in einer Endlosschleife singen kann, bis dann wirklich alle vor dem Aufenthaltsraum warten. Die Türe wird aufgemacht und im dunklen Raum erstrahlt ein Christbaum mit Sprühkerzen, der von den Kindern immer ausführlichst bestaunt wird. So manche selbst zusammengestellte Zivildiener-Band verschönte die Feier schon mit Musik, auch Bewohnerinnen musizieren oder singen. Viel Freude haben wir mit großen Krippenfiguren, die wir geschenkt bekommen haben, diese eignen sich nämlich gut, um die Weihnachtsgeschichte lebhafter zu erzählen, meist in Deutsch, Englisch und Russisch. „Wo ist jetzt das Baby, Cristina?" wurde ich letztes Jahr von einem Kind gefragt, das sich erhofft hatte, dass ein echtes, sichtbares „Christkindl" neben dem Christbaum liegen würde. Die Feier klingt dann mit gemeinsamem Essen und Trinken aus, die Frauen ziehen sich vor der Feier noch um und erscheinen sehr festlich, zudem bereiten sie traditionelle Speisen zu. Jedes Jahr singen wir „Stille Nacht, heilige Nacht" und viele erfahren dabei, dass das ein Lied aus Österreich ist. Auch die gespendeten

Weihnachtskekse werden bewundert und probiert, zur Erinnerung nehmen viele ein Stück des Christbaumschmuckes mit in ihr Zimmer oder machen Fotos. Wir bitten dann alle Familien, wieder in ihren Wohnbereich zu gehen und zu warten, bis sie die Glocke wieder hören. Wir Mitarbeiterinnen gehen dann von Tür zu Tür und überreichen allen Kindern und Frauen die Aufmerksamkeiten, wünschen ein frohes Fest und meistens auch ein gutes Neues Jahr, da einige von uns ein paar Tage Urlaub mit ihrer eigenen Familie genießen, obgleich natürlich das Frauenwohnhaus an allen Tagen und Nächten – auch zur Weihnachtszeit – personell besetzt ist. Die Feiertage sind meistens sehr ruhig, die afrikanischen Frauen verbringen da sehr viel Zeit in ihren Kirchen und für uns beginnt das Ferienprogramm mit den Kindern, wenn nach dem Spielen mit den neuen Sachen wieder die Lust kommt, den Schnee auszuprobieren …

Anna-Maria Reinisch

Weihnachten, das Fest der Liebe

Weihnachten war für mich schon als Kind die schönste Zeit im ganzen Jahr, Dezember der Monat, den ich schon im September, sobald es nicht mehr ganz sommerlich warm war, begann herbeizusehnen. Ich liebe auch heute noch die damit verbundenen Traditionen und Bräuche, im Besonderen jene der eigenen Familie.

Als Kinder war für uns die Zeit ab dem 1. Dezember verzaubert, mit ihren Gerüchen und Düften, dem Leuchten der Kerzen und Laternen, eine besondere Zeit voller bezaubernder Geschichten und Melodien. Wir liebten es, als Geschwister jeden Adventabend um den Kranz bei meiner Großmutter zu sitzen und ihren so wundervollen selbsterfundenen Geschichten zu lauschen.

Selbst heute noch hat Weihnachten und die besinnliche Zeit davor kaum an Zauber für mich verloren, doch im Laufe der Jahre stellte sich auch eine pragmatische Sichtweise dazu ein und ich erkannte, dass speziell diese Zeit der Vorbereitung sich meist sehr stressig für meine Eltern gestaltete. So beschlossen mein Partner und ich, meine große Familie, d. h. Papa, Mama, meine vier jüngeren Schwestern und meine Tante, für den 24. Dezember und einige gemütliche Tage danach zu uns nach Hause einzuladen.

Ich freute mich sehr, dass mein lieber Reinhard genau verstand, wie wichtig mir meine Familie und besonders diese Tage im Kreise meiner Liebesten waren. Er selbst wuchs mit einer Schwester in familiären Verhältnissen auf, wo weihnachtlicher Innigkeit keine so bedeutende Rolle zukam, und so muss unsere frenetische Begeisterung für das Fest in seinen Augen wohl manchmal schon etwas eigentümlich und kindlich angemutet haben.

Ich freute mich darauf, meiner Familie ein schönes Fest zu bereiten, und plante jedes Detail, angefangen beim passenden Blumenschmuck für den Festtisch, dazu farblich abgestimmte Kerzen, Weihnachtsdekoration im ganzen Haus bis hin zum perfekten Türkranz. Meine älteste Schwester kam auch schon extra am Tag zuvor zu uns, um beim Festschmuck zu helfen. Seit ich zwölf Jahre alt war, schmückten wir beiden älteren Schwestern gemeinsam den Baum, eine kleine Familientradition, an der sich auch mit dem Heranwachsen unserer drei kleineren Geschwister nichts geändert hat. Selbst wenn wir hundert Jahre alt werden, wird diese Aufgabe die unsere bleiben ... Der wichtigste Moment neben dem Anbringen der Christbaumspitze ist dabei, wenn ich zum Schluss eine rot glänzende, furchtbar kitschige Schleife oben an der Spitze der Tanne festbinde. Diese kleinen Traditionen werden dabei aufs Peinlichste genau befolgt, selbst wenn sich, wie im Fall der „Roten Schleife", niemand mehr genau daran erinnern kann, wer eigentlich damit begonnen hat.

Als das Haus fertig geschmückt und das Essen vorbereitet war, fuhren wir gemeinsam zur Kindermette nach Graz, wo wir auch auf die anderen Familienmitglieder trafen. Genau wie jedes Jahr, an das ich mich erinnern kann, waren wir Mädchen ergriffen und bezaubert wie kleine Kinder, während der Pfarrer die wohl bekannten Worte des Weihnachtsevangeliums sprach.

Gemeinsam sangen wir jedes Weihnachtslied, das uns so einfiel, während uns die beiden wichtigsten Männer meines Lebens sicher nach Hause chauffierten. Während jener Autofahrt haben beide wieder deutlich bewiesen, mit welcher Engelsgeduld sie gesegnet sind, denn die ganze Strecke über hat sich niemand über unseren vorfreudigen Gesang beschwert.

Schon bald standen wir alle bewundernd um den Christbaum herum, welcher, seit ich denken kann, in festlichem Rot erstrahlt. Nach einem gemütlichen Essen, das, wenn es nach der kleinsten Schwester ginge, auch komplett ausfallen hätte können, begann dann unsere Weihnachtsfeier. Damit wurde die Geduld unserer Kleinsten ihrer Meinung nach noch auf eine weitere unnötige Probe gestellt ... Während wir im Familienkreis gemeinsam beteten und sangen und aufmerksam meinem Vater lauschten, welcher wie üblich das Weihnachtsevangelium las, war ich vollkommen zufrieden und glücklich. All die Menschen, die mir am wichtigsten sind, waren bei mir! Ich hatte ja keine Ahnung, dass dieses Glücksgefühl sich noch steigern sollte ...

Endlich hatte das Warten für die Kleinste ein Ende, und als das letzte Lied gesungen war, stürzte sie sich schon auf die vielen bunten Päckchen und Pakete, die unter dem Christbaum lagen. Damit das große Schenken und Beschenktwerden einigermaßen geordnet ablief, setzte ich mich auf den Boden inmitten all der verpackten Geheimnisse. Eines nach dem anderen wurde dann jedes Geschenk seiner Bestimmung zugeführt. Inmitten dieses fröhlichen Trubels, des Bestaunens und Bewunderns der verschiedenen kleinen und großen Kostbarkeiten ist mein liebster Reinhard unauffällig verschwunden, abgelenkt von all den Begeisterungsrufen und leuchtenden Augen hatte ich davon jedoch gar nichts bemerkt. Schlussendlich, genau in dem Moment als das letzte Packerl überreicht worden war, kam er plötzlich wieder zu uns.

Mit einem riesigen rot-goldenen Blumenstrauß stand er plötzlich vor mir und ich wusste gar nicht, wie mir geschah. Als ich ihm in die Augen sah, war es schon um mich geschehen und die Tränen flossen in Strömen ... In alter, galanter Manier kniete er vor mir nieder, ganz so, wie sich das wohl jedes Mädchen schon hunderte Male in ihren Träumen ausgemalt hat, und fragte mich, ob ich seine Frau werden wollte. Heute und ganz bewusst im Kreise derer, die mir das Liebste auf der Welt waren, wollte er mir diese besondere Frage stellen.

Mit tränenverhangenem Blick nahm ich wahr, wie meine ganze Familie, mit fast seeligem Gesichtsausdruck um uns versammelt, lächelte und nickte, wussten sie doch alle Bescheid. Reinhard hatte standesgemäß zuvor insgeheim bei meinen Eltern um meine Hand angehalten. Ich selber jedoch war völlig perplex und hatte vor lauter Freude erst einmal gar kein Wort herausgebracht. So überwältigt, wie ich war, hallte lediglich in meinem Kopf ein lautes und inniges JA! Doch mein Mund war nicht fähig, es auszusprechen. Erst als mein etwas verdutzter Reinhard mir den wunderschönen Ring an den Finger steckte, stammelte ich endlich das Ja, das meine begeisterten Schwestern voller Enthusiasmus schon beinahe an meiner Stelle gerufen hätten ...

Dieses besondere Weihnachtsfest werde ich wohl nie vergessen, es war das schönste bis jetzt unter all den wundervollen vergangenen. Auch wenn das „Fest der Liebe" im Jahr darauf, bereits mit dem Ehering am Ringfinger, sehr besonders war, hatte ich an diesem speziellen Weihnachten vor zwei Jahren das wohl allerbeste Geschenk der Welt bekommen.

Anna-Maria und Reinhard bei ihrem besonderen Weihnachtsfest, 2009

Ottilie Stern

Besinnliche Gedanken

Die Schwolbn san längst noch Südn g'flogn,
der Herbst is zogn ins Land,
die Blätter folln von die Bam,
gonz stüll wird's rundherum.

Reisigduft erfüllt die Stubn,
wenn am Kronz die Kerzn brennt;
Kinderaugn glücklich schaun,
fühln leis, es is Advent.

Recht vül Geschenke unterm Bam,
des konn da Sinn nia sein,
loß Friede kehm im Herzen ein,
nur donn konn FROHE WEIHNACHT sein.

Weihnachtsbeleuchtung in der Sporgasse in Graz, 2010

Autorenverzeichnis

Siegfried Gröbacher – Knittelfeld; ÖBB-Bediensteter in Pension

Max Hamedinger – Kainach; Fischzüchter

Johanna Karner – Spielberg/Knittelfeld; Hausfrau

Irmgard Köhler

Sepp Konrath – Hallersdorf; Landwirt in Pension

Christina Kraker-Kölbl – Graz; Betreuerin und Teamleiterin im Caritas Frauenwohnhaus (10/2001 bis 01/2011)

Lydia Lasutschenko; KLEINE ZEITUNG

Margaretha M. – Knittelfeld; Beamtin in Pension

Ruth Maier – Zettling; Dipl. Pädagogin

Hildegard Perschthaler, geb. Wesener – Bärnbach; Pädagogin in Pension

Sepp Pichler – Gallmannsegg; Kraftfahrer

Gilda Poschenreiter – Graz; Sekretärin in Pension

Maria Prettenthaler – Afling; Landwirtin in Pension

Vinzenz Prettenthaler – Stiwoll; Gastwirt und Landwirt in Pension

Grete Pürstner – Graz; Konditor und Kindergärtnerin in Pension

Anna-Maria Reinisch – Eggartsberg – Geistthal; Kindergartenpädagogin

Ingeborg Schnur – Vorau – Oststeiermark

Franz Schriebl – Graden; Landwirt in Pension

Christl Simonlehner, vulgo Blütl – Kainach; Wirtin

Gerda Sokac – Graz; Hausfrau

Markus Sommer – Weitendorf; Justizwachebeamter

Adele Trummer – Graz; Verkäuferin in Pension

Roswitha Wesener – Feldkirchen; Dipl. Pädagogin und Diplomierte systemische Lebensberaterin

Anna-Marie Zimmermann – Graz; Anni-Wirtin, Babenbergerhof

Bildnachweis

Wilhelma Gröbacher – Knittelfeld, S. 71
Lydia Lasutschenko, Kleine Zeitung Voitsberg, S. 80
Margaretha M. – Knittelfeld, S. 19, 20
Hans Marsam – Feldkirchen bei Graz, S. 15, 21, 57, 83, 94
Familie Negrau – Graz, S. 38, 49, 52
Hildegard Perschthaler, geb. Wesener – Bärnbach, S. 69
Gilda Poschenreiter – Graz, S. 28, 41, 44
Familie Reinisch – Eggartsberg – Geistthal, S. 92
Familie Prettenthaler – Stiwoll, S. 11

Folgende Geschichten wurden auf Tonband aufgezeichnet und transkribiert:
„Weihnachten als Dienstbote und zu Hause am Hof" von Franz Schriebl
„Graz Anfang 20. Jahrhundert" von Grete Pürstner
„Wenn du immer verzichten musst" von Vinzenz Prettenthaler
„Es war vor vielen, vielen Jahren" von Gilda Poschenreiter
„Weihnachten in Untervogau" von Siegfried Gröbacher
„Weihnachtsgeschichte aus dem Krieg" von Gilda Poschenreiter
„Kriegsjahr 1944" von Gilda Poschenreiter
„Bomben auf Berlin" von Ingried Köhler
„Mein erster Christbaum" von Maria Prettenthaler
„Wir waren arm, aber nicht unzufrieden" von Gerda Sokac
„Graz 1935" von Adele Trummer
„Weihnachten 1956 mit Flüchtlingen aus Ungarn" von Anni Zimmermann
„Ein Blick durchs Schlüsselloch" von Christl Blütl
„Weihnachten gemeinsam unterwegs" von Sepp Pichler
„Turbulente Weihnachten" Anonym

AUS UNSEREM PROGRAMM

Ein wunderschönes Hörbuch für einen besinnlichen Vorweihnachtsabend oder als Geschenk unter dem Lichterbaum

ISBN 978-3-85365-234-3